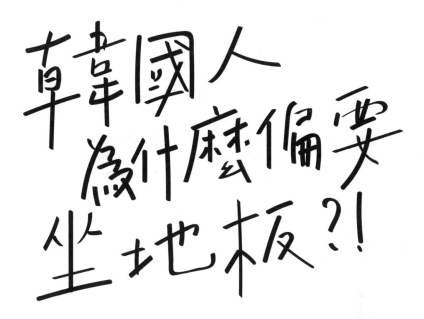

韓國人
為什麼偏要
坐地板?!

魯水晶　著

저자 서문

하나의 언어를 제대로 배우기 위해서는 그 언어를 사용하는 나라의 문화와 역사를 어느 정도 이해해야 한다는 것쯤은 우리 모두가 알고 있습니다. 그렇지 않으면 그 외국어는 '안녕하세요', '어디에 가요?', '밥을 먹어요'와 같은 초급 단계에서 더 이상 발전하지 못하기 때문입니다.

대만에서 한국어를 가르치면서 끊임없이 받아왔던 질문들을 바탕으로 이 책을 구성했습니다. 한국사람인 제 입장에서는 정말 황당한 질문도 있고, 드라마의 영향력을 새삼 느끼게 해 준 질문도 있습니다. 그리고 몇 십년 째 변하지 않는 한국에 대한 선입견과 고정관념도 아직 많습니다. 독자들이 이 책으로 한국 문화를 가볍게 이해하면서, 중급 한국어 표현을 익힐 수 있기를 소망합니다.

이 책에 소개된 한국 문화에 대한 설명들은 '절대적인 완벽한 답안'이 아님을 미리 밝힙니다. 각 개인의 성장 배경과 생활환경에 따라 하나의 문화 현상에 대한 이해가 다르다는 것을 염두에 두고, '아, 어떤 한국 사람은 이렇게 생활하고 배웠구나' 정도로 이해하는 것이 좋겠습니다. 또한 생활 양식이나 문화가 10년 전, 20년 전과 큰 차이가 없는 대만과는 다르게, 한국은 하루하루 역동적으로 변화하고 있는 문화가 많습니다. 많은 변화 속에서도 지켜야 할 전통과 미풍양속은 잘 보존하고, 불합리한 관습이나 문화는 개선해 나가려는 작은 움직임들이 많이 있는 한국이라는 나라에 대해 가볍게 이해하는 정도로 이 책에 접근하기를 바랍니다.

수록된 단어와 문법은 TOPIK 3급 수준에 맞추려고 노력했습니다. 간혹 2급과 4급에 해당하는 문법과 단어도 있고, 5~6급에 해당하는 단어도 있습니다. 학습자들이 한 번 보고 마는 책이 아니라, 오랫동안 두고 몇 번이고 복습할 수 있는 가치있는 책을 만들기 위해 많은 노력을 기울였습니다. 여러분의 실질적인 한국어 학습과 TOPIK 대비, 한국에 대한 이해를 동시에 구현하려 노력한 책이니만큼, 한 장 한 장 꼼꼼히 학습하기를 권합니다.

발음도 좋아야 하고, 쓰기도 많이 틀리면 안 되고, 본문도 외워야 하는 우리 학생들, 그 수고로운 과정을 흔쾌히 저와 함께 해 줘서 정말 고맙습니다. 고단하고 힘든 타향살이를 하는 제게 늘 가장 근원적인 힘을 주는 사랑하는 가족에게도 고마움을 전합니다. 한국어를 잘 배우고 싶을 때, 한국에 대해 물어보고 싶을 때 항상 찾을 수 있는 선생님이 되도록 같은 자리에서 열심히 정진하겠습니다.

- 대만 타이페이에서, 노수정

作者序

　　我們都知道要學好一個語言，就必須要對使用該語言的國家文化及歷史有一定程度的認識，不然外語能力就只會一直停在「你好」、「要去哪裡？」、「吃飯」等這類初級階段，無法再進步。

　　我以在臺灣教授韓語的同時，不斷從學生那收到的「提問」來構思這本書。其中，有遇過對身為韓國人的我來說，很誇張荒唐的問題；有些提問也讓我再次感受到韓劇的影響力有多大；也有很多縱使過了幾十年，還是沒改變對韓國的成見及刻板印象。我希望讀者可以從這本書輕鬆地了解到韓國文化，並學習中級程度的韓語用法。

　　首先我要告訴大家，這本書對韓國文化的解釋及說明「不是絕對正確的答案」。要請大家記得，由於每個人出身背景及生活環境都不同，對一個文化現象的見解也會不同，建議各位抱著「哦，原來有些韓國人是這樣生活、學習的啊！」這樣的心態來閱讀本書。另外，即使過了 10 年、20 年，臺灣的生活方式或文化也不會有太大差異，但韓國有很多文化是每天每天都在改變的。希望這本書能帶大家輕鬆理解韓國——這個日新月異卻仍守護著珍貴的傳統風俗；為改善不合理的習俗或文化，而一點一滴努力前進的國家。

　　我在寫這本書時，很認真地篩選、使用 TOPIK（韓國語文能力測驗）3 級的單字及文法，偶爾會有 2 級及 4 級的單字和文法，也有 5~6 級的單字。這本書不是讀一次就結束的書，為了寫出值得讓大家多次翻閱、複習的書，我費了許多苦心。也因為這是本為了能實質幫助到大家學習韓語、準備 TOPIK，同時又能認識韓國而撰寫的一本書，誠摯建議各位用心、仔細地研讀。

　　給發音必須完美、寫作不能有太多錯誤、課文也必須熟背的我的學生們，真的很感謝你們願意開心地和我一起走過那些辛苦的過程。謝謝總是給孤獨且辛苦過著異鄉生活的我許多力量，是我生活原動力的親愛的家人們。我會持續努力精進，成為一位當大家想好好學習韓語時、想詢問關於韓國的疑問時，都能給於協助的老師。

－於臺灣台北，魯水晶筆

使用說明

也可以一次聽全書音檔：

掃描 QRCode 可以聽到水晶老師親錄
的文章、單字及例句等全書的韓語發音

問題 8

왜 겨울에도 찬물을 마시고
차가운 음식을 먹나요?

為什麼到了冬天也會喝冰水、吃冰呢？

水晶老師說

　　확실히 [1] 한국 사람들은 미지근한 [2] 물이나 뜨거운 물보다는 찬물을 마시는 것이 자연스럽다고 [3] 생각해요 . 시원한 물은 청량감 [4] 을 주기 때문에 더 선호하는 [5] 것 같기도 하고요 . 또한 , 더운 여름에는 실내에 냉방이 되기 때문에 오히려 차가운 걸 먹으면 더 춥다는 느낌이 드는 반면 , 겨울에는 실내가 따뜻하기 때문에 차가운 빙수나 커피 등이 더 당기는 것 같아요 . 그래서 한국 식당에서는 기본적으로 제공하는 물이 ' 찬물 ' 입니다 . 뜨거운 물이나 미지근한 물을 마시고 싶을 경우에는 먼저 정수기가 어디에 있는지 찾은 후 직접 가서 떠 오는 게 제일 좋아요 . 물론 , ' 뜨거운 물 한 잔만 주세요 .' 라고 부탁해도 됩니다 . 대만에서 오래 생활해서 겨울에는 뜨거운 물을 호호 불며 마셔야 하는 저는 겨울에 한국에 돌아가면 늘 보온병을 들고 다니면서 따뜻한 물을 마셔요 .

　　韓國人的確覺得喝冰水比喝常溫水或熱水還習慣，這是因為冰水喝起來比較清涼。而且炎炎夏日因為室內開冷氣的關係，喝冰水反而覺得冷，但是冬天室內很溫暖，反而讓人更想吃冷冷冰冰的刨冰或喝冰咖啡呢？所以韓國餐廳基本上都是提供「冰水」，如果想喝溫水或熱開水的話，建議先找一下飲水機的位置，並直接去盛水來裝。當然也可以跟店員說「뜨거운 물한 잔만 주세요。(請給我一杯溫開水)」。而對在臺灣生活很久、喝水前一定要先吹涼熱開水的我來說，冬天回到韓國時總會隨身攜帶保溫瓶、喝溫開水。

Q8 為什麼到了冬天也會喝冰水、吃冰呢？

本單元的主題，書中共有
50 個單元

從水晶老師的觀點出發來回
覆主題，附有韓語及中譯，
培養閱讀韓語文章的能力！

介紹及說明文章中出現的文法，並附 2 ～ 3 道例句供大家熟悉文法
＊本書所寫的詞性縮寫中，V 代表「動詞」、A 代表「形容詞」、
　N 代表「名詞」

單字

1. 확실히 確實地、的確地　　　　　　　　　　　副詞

나이가 들면 확실히 신진대사가 떨어져요.
年紀越大新陳代謝確實越差。

2. 미지근하다 常溫的　　　　　　　　　　　形容詞

저는 미지근한 두유를 좋아해요.
我喜歡常溫豆漿。

3. 자연스럽다 自然的　　　　　　　　　　　形容詞

좋아, 자연스러웠어!
不錯，（做事情做得）很自然！（沒被發現我做事有點彆扭時使用）

4. 청량감 清爽感　　　　　　　　　　　　　名詞

박하 맛 사탕을 먹을 때 아이스 아메리카노를 같이 마시면 청량감이 배가 돼요.
我在吃薄荷糖果的時候，順便一起喝冰美式咖啡的話，清爽感會更加倍。

5. 선호하다 喜好、偏好　　　　　　　　　　動詞

한국 사람들은 집을 살 때 보통 아파트를 선호해요.
韓國人在買房子時，比較喜歡住宅型大廈。

文法

V- 는 반면 (에), A-(으) ㄴ 반면 (에), N 인 반면 (에)

與之相反、另一方面、反之

解說

句型前面敘述的內容跟後面敘述的內容剛好正相反的時候，使用此句型。還有，先介紹第一個樣子或方面，再來介紹另一個樣子或方面的時候，也可以用此句型。

모든 일에는 좋은 점이 있는 반면에 나쁜 점도 있다.
所有的事情都有優點，但另一方面也都有缺點。（沒有事情是100% 完美）

저는 공부는 잘 못하는 반면에 운동은 잘해요.
我功課不好，但體育很好。

선생님은 엄격하신 모습도 있는 반면에 유머러스한 모습도 있어요.
老師教書很嚴格，反之也很有幽默感。

介紹文章中出現的單字、片語等，
並提供詞性、一則例句

목차
目錄

제 1 장 / 食

제 2 장 / 住・行

제1장

食

民以食為天，韓國也有 **금강산도 식후경**（金剛山也是飯後的景色）這類句子，可見吃的重要性。那在這個章節中，水晶老師會回答如「韓國人真的每天都吃泡菜嗎？」、「為什麼筷子是扁的呢？」等與韓國「飲食文化」有關的 21 道問題哦！

왜 아침 가게가 없나요 ?

為什麼找不太到早餐店？

01

대만에서 하던 아침 식사를 한국에서도 하려면 아마 힘들 거예요 . 한국 사람들은 주로 지하철 , 버스와 같은 대중교통[1]이나 자가용[2]으로 출근하는데 , 이미 집에서 아침밥을 먹고 나오는 경우가 많습니다 . 아침에도 밥과 국 , 몇 가지 반찬으로 밥을 먹는 사람이 많은데 , 이 식사를 대중교통이나 차 안에서 할 수는 없으니 집에서 이미 먹고 나오는 것입니다 . 이렇게 먹지 않는 경우에도 , 집에서 간단하게 빵이나 샐러드 , 우유 , 커피 등을 먹고 나옵니다 . 출퇴근 시간에 버스와 지하철을 타는 시간이 평균 1시간인데 , 그때는 사람도 너무너무 많아서 버스나 지하철에서 뭘 먹을 수가 없어요 . (* 한국의 지하철과 버스는 음식물 섭취를 특별히 법으로 금지하지는 않습니다 . 다들 사람이 많을 때 뭘 먹는 게 좀 민망해서 그런가 알아서 자제하는 분위기입니다 .) 그럴 땐 간단하게 김밥이나 샌드위치를 사서 지하철역이나 버스 정류장까지 걸어가면서 간단히 아침을 때우거나[3] 출근 전 잠깐 먹습니다 . 때문에 대만 사람 입장에서 보면 아침 식사에 대한 선택권이 별로 없고 , 아침 가게도 별로 없지요 . 저는 한국에 있을 때 보통 집에서 아침밥을 먹거나 출근길에 김밥 또는 샐러드를 사서 출근했어요 . 새벽에 여는 김밥집이나 토스트집 , 빵집을 잘 찾아보면 아침을 사 먹을 수 있을 거예요 . 그리고 늦은 아침과 이른[4] 점심을 한 번에 해결하는[5] 브런치 가게는 많이 있어요 .

　　如果在韓國要吃臺灣日常所見的早餐，可能會很困難。因為韓國人通常是搭乘地鐵、公車等交通工具或自己開車上班，大多都已經在家吃完早餐了。另外也有蠻多人會在早上吃飯、湯及一些小菜，但這些食物是無法在大眾交通工具或車上吃的，所以才會在家吃完再出門。那如果早餐不是吃飯、湯以及小菜這些的人，通常會簡單地在家中吃些麵包、沙拉、牛奶和咖啡等等再出門。因為通勤時搭公車和地鐵的時間平均要一小時，那個時候的人真的真的非常多，無法在公車或地鐵上吃東西。（＊韓國並沒有特別立法禁止在地鐵及公車上飲食，但好像因為人很多時吃東西會覺得有點尷尬，大家都會自發性自我管理）像這時候會簡單地買些飯捲、三明治，並在前往地鐵站、公車站的路上簡單充當早餐吃，或在上班前稍微吃一些。因此，以臺灣人的角度才會覺得韓國沒有太多早餐可以選擇，沒什麼早餐店吧。我在韓國的時候，一般都是在家吃早餐，或在上班途中買個飯捲或沙拉。只要找到凌晨開門的飯捲店、吐司店或麵包店就可以買到早餐吃，而且韓國也有很多早午餐店呢！可以一次解決早餐和午餐。

單字

1. 대중교통　大眾交通

名詞

한국의 **대중교통**에는 지하철 , 버스 , 택시 등이 있습니다 .

韓國的大眾交通工具有地鐵、公車、計程車等。

---

2. 자가용　自己的車子

名詞

부모님께서 취업 축하의 의미로 제게 **자가용** 한 대를 사 주셨어요 .

爸媽為了慶祝我找到工作，送給我一台車子讓我自己開。

---

3. 때우다　充飢、充當（正餐）

動詞

간단하게 삼각김밥으로 점심을 **때웠어요** .

簡單地用御飯糰充當午餐吃。

---

4. 이르다　早一點

形容詞

이른 새벽에 조깅을 해서 그런가 아직 점심시간도 안 됐는데 피곤하네요 .

好像是在很早的凌晨去跑步的關係，都還沒到中餐時間，人就已經很累了。

---

5. 해결하다　解決

動詞

그 문제는 제가 **해결할게요** .

那個問題由我來解決。

V/A- 아 / 어 / 해서 그런가 , N(이) 라서 그런가
好像因為有 V/A/N 的原因

解說

此文法後面通常接猜測、推測、感想、判斷等內容。猜測的根據都是邏輯通順、有道理的，不是亂猜的。

어제 저녁을 너무 배부르게 먹어서 그런가 , 아침에 배가 안고프네요 .

好像是昨天晚上吃太飽的關係，早上都不會餓呢。

어제 무서운 영화를 봐서 그런가 , 밤새 악몽을 꿨어요 .

好像是昨天看恐怖片的關係，一整晚都在做惡夢。

memo

02

왜 커피숍이 그렇게 많나요?
한국 사람은 왜 밥보다 비싼
커피를 좋아하지요?

咖啡廳為什麼那麼多？韓國人為什麼喜歡喝
比飯還貴的咖啡？

한국의 커피 문화[1]는 크게 두 가지로 나뉩니다 . 일이 피곤하기 때문에 습관적[2]으로 커피를 마시는 것 , 그리고 친구와 간단하게 이야기를 나눌 수 있는 최적의[3] 장소가 커피숍이기 때문에 커피숍에 가서 커피를 마시는 것입니다 . 또한 한국 사람은 밥을 다 먹고 나서 식당에 오래 앉아 있는 것을 굉장히 큰 결례라고 생각합니다 . 식당은 ' 밥을 먹는 공간 ' 이지 , ' 이야기를 나누는 공간 ' 이 아니기 때문입니다 . 세트 메뉴로 디저트까지 제공되는 식당이 아니라 , 단품을 먹는 식당이라면 식사를 마친 후에 ' 아직 못다 한 이야기 ' 를 하기 위해 얼른 식당을 나서서 커피숍으로 이동합니다 .

또한 , 밥보다 비싼 커피를 좋아한다기 보다는 , 원두커피 문화가 시작될 때쯤에는 커피가 밥만큼 비쌌어요 . 그래서 그 때는 싼 커피를 마실 수 있는 선택의 여지가 없었습니다 .[4] 또 일부러[5] ' 밥보다 비싼 커피를 마실거야 ' 라고 생각하고 커피를 사 마시는 사람은 아마 없을 거예요 . 그냥 ' 이 가격을 주고 마셔도 아깝지 않아 , 나를 위해서라면 ' 이라고 생각하는 것뿐이지요 .

　　韓國的咖啡文化大致上可以分為兩種。一種是因為工作太累而習慣性地喝咖啡，另一種則是因為和朋友話家常最適合的場所就是咖啡廳，所以才去喝咖啡的。另外，韓國人認為已經吃完飯了，還一直待在餐廳不離開是一件非常失禮的事情。因為餐廳是「吃飯的空間」，而非「聊天的空間」。若是在單點類的餐廳，而非套餐類（包括主餐、附餐到點心）的餐廳的話，會在結束用餐後，為了「還沒結束的話題」而趕快離開餐廳，往咖啡廳去。

　　另外，與其說韓國人喜歡喝比一餐還貴的咖啡，不如說是因為原豆咖啡文化開始發展的時候，咖啡就跟一餐一樣貴了。所以當時也沒有其他可以喝便宜的咖啡的選擇。而且大概也沒人是抱持「我一定要喝比一餐還貴的咖啡」而買咖啡來喝的吧？頂多是想著「如果是我自己買來喝，這個價格是值得的」吧。

單字

1. 문화   文化

名詞

한 나라의 힘은 총과 칼이 아닌 그 나라가 가진 **문화**에서 나옵니다 .
一個國家的力量不是從槍跟刀來的，而是從那個國家本身擁有的文化。

2. 습관적   習慣的

名詞

공부할 때 **습관적**으로 머리카락을 꼬는 사람이 있어요 .
有人唸書的時候會習慣性地捲頭髮。

3. 최적의   最適合、最佳的

形容詞

최적의 조건을 갖춘 지원자를 뽑는 것이 모든 회사 인사팀의 목표입니다 .
挑出具備最佳條件的人才，是每間公司人事部門的目標。

4. 선택의 여지가 없다   沒有選擇的餘地；沒有選項、無法選擇

片語

선택의 여지가 없는 일에 자꾸 불만을 이야기해 봐야 소용 없어요 .
對於無法選擇的事情一直哇哇叫地抱怨，是完全沒有用的。

5. 일부러   故意地、刻意地

副詞

일부러 그런 게 아니니까 용서해 주세요 .
我不是故意的，請原諒我。

N 만큼
跟 N 程度一樣、跟 N 彼此彼此

解說

有兩個比較項目、這個跟那個在比較的時候，要使用這個句型。
如果要比較三個以上項目的話，要加 (이) 나。例如：제 연봉
이 전자업계나 광고업계만큼 많지는 않지만 그래도 평균 이상이
라 만족해요 . (我的年薪沒有像電子業或廣告業一樣高，但還
是超過平均年薪，所以很滿意）。

내가 공부는 너만큼 못하지만 , 피아노는 너보다 잘 쳐 .
雖然我功課沒有跟你的程度一樣好，但我比你還會彈鋼琴。

죄송하지만 , 저는 한국어를 영어만큼 잘하지는 못해요 .
抱歉，我韓文程度沒有像我英文一樣好。

형제자매만큼 좋은 친구가 또 있을까요 ?
你覺得會有跟兄弟姊妹一樣的好朋友嗎？

memo

....

....

....

....

....

....

....

한국 사람은 정말 매일 김치를 먹나요?

03

韓國人真的每天都吃泡菜嗎?

이것 역시[1] 사람마다 다르긴 한데요 , 아마[2] 많은 사람들이 ‘ 거의 [3] 매일 ’ 먹을 거예요 . 싫어하는 사람도 물론 있어요 . 김치를 좋아하거나 싫어하는 이유도 제각각[4] 이고요 . 느끼한 음식을 먹을 때 느끼한 맛을 잡아주기 위해 , 준비해 놓은 반찬[5] 이 별로 없을 때 , 김치가 너무 좋아서 , 모든 한국 음식에는 김치가 잘 어울린다고 생각하기 때문에 등 사람마다 김치를 먹는 이유는 다 달라요 . 이렇게 김치는 ‘ 선택 ’ 이 아닌 ‘ 필수품 ’ 이기 때문에 , 우리 가족 취향에 맞는 김치 맛을 유지하는 것이 굉장히 중요한 집안일 중 하나입니다 .

그래서 한국에는 ‘ 김치냉장고 ’ 라는 특별한 가전제품이 있습니다 . 김치냉장고는 ‘ 김치만 넣는 냉장고’가 아닙니다 . 김치냉장고에는 발효 식품인 김치의 맛이 내가 좋아하는 정도로 익었을 경우 , 버튼 하나만 누르면 거기서 더 익지 않고 그 맛이 유지되는 기능이 있습니다 . 또한 김치냉장고에 김치를 보관하면 대량으로 보관할 수 있고 , 먹을만큼 덜어서 원래 냉장고에 넣어 놓고 먹을 수 있어요 . 그러면 원래 사용하는 냉장고에 김치 냄새가 가득할 일이 좀 줄어들겠지요 . 저는 김치를 직접 담그지는 못해서 그렇게 큰 김치냉장고는 필요가 없어요 . 대만에 김치냉장고를 안 팔기도 하고요 . 그리고 15kg 짜리 김치를 집으로 배달시켜[6] 먹는데 , 한 달이면 거의 다 먹게 돼서 사실상 김치냉장고에 넣을 틈이 없어요 . ㅋㅋ

　　這個問題也是因人而異呢。但應該很多人是「幾乎每天」吃的吧，當然也是有人不喜歡吃。為什麼要吃泡菜或不愛吃泡菜的理由也是百百種，例如吃油膩的食物時，為了消除油膩感、沒有其他做好的小菜了、真的太喜歡泡菜了，也有人覺得泡菜跟任何韓式料理都很搭等，每個人吃泡菜的理由都不同。像這樣泡菜已經不是種「選擇」，而是「必需品」的時候，怎麼維持我們家喜歡的泡菜口味就變成一件很重要的家事。為此韓國就發展出「泡菜冰箱」這種特別的家電產品。泡菜冰箱不是「只裝泡菜的冰箱」哦！當作為發酵食品的泡菜發酵到我滿意的程度時，這時只要按下按鈕，泡菜就能不再繼續發酵，維持在那個味道。另外，泡菜冰箱可以大量保存泡菜，取出要吃的量後，放在原本一般在使用的冰箱裡就可以了，這樣也能減少「冰箱內都是泡菜味」的事發生。因為我不會自己醃製泡菜，所以不需要泡菜冰箱，而且臺灣也沒有在賣。再說我在臺灣訂 15 公斤的泡菜宅配到家，幾乎一個月就吃完了，根本就沒機會把泡菜放進泡菜冰箱呢ㄎㄎ。

單字

1. 역시 　也是、果然、依然　　　　　　　　　副詞

내 동생은 역시 똑똑해 .
我弟弟果然很聰明。

2. 아마 　也許、可能　　　　　　　　　　　　副詞

아마 그럴 거예요 .
也許是這樣／應該是這樣。

3. 거의 　幾乎　　　　　　　　　　　　　　　副詞

통장 잔고가 거의 없어서 쇼핑을 할 수가 없어요 .
我的存摺幾乎沒存款了，所以無法購物。

4. 제각각 　各不相同、百百種　　　　　　　名詞　副詞

사람마다 아름답다고 생각하는 것이 제각각이다 .
每個人的審美觀都各不相同。

5. 반찬 　小菜　　　　　　　　　　　　　　　名詞

반찬을 많이 만들어서 냉장고에 보관했다가 그때그때 꺼내 먹는 것을 ' 밑반찬 ' 이라고 해요 .
「밑반찬」是指做很多量冰在冰箱，要吃的時候可隨時拿出來吃的小菜。

6. 배달시키다 叫外送、宅配 動詞

저녁밥 하기도 귀찮은데 그냥 **배달시켜** 먹자.

我今晚不想煮飯，我們直接叫外送吃，好不好？

文法

A- 기는 하다, N(이) 기는 하다
→ (簡化) A- 긴 하다, N(이) 긴 하다

確實是 V/A/N、的確是 V/A/N

解說

用於再口語一點地解說，表示「A 是 A 沒錯，但是」、「V 是 V 沒錯，但是」、「N 是 N 沒錯，但是」的意思。例如：저 사람은 똑똑하기는 한데, 정이 없어요. (那個人聰明是聰明沒錯，但是很沒有人情味)。

대만 여름 날씨가 진짜 덥기는 하네요.

臺灣夏天天氣的確是很熱。

이 식당이 싸긴 하네요. 좀 비싸서 그렇지만.

這間餐廳確實很便宜，雖然有點貴。

memo

文化補充

　한국 사람은 겨울이 오면 '김장김치'를 담그는 일이 정말 큰 일입니다. 온 가족이 다 동원돼서 김치를 담가요. 한 번에 '1년 동안 두고 먹을 김치'를 담가야 하기 때문에 몇십 포기는 기본으로 담급니다. 저희 집은 저 어렸을 때 1년에 한 번, 60포기씩 담갔었네요 -_-. 때문에 요즘에는 만드는 과정이 힘들고 복잡한 김치를 담그는 젊은 사람은 거의 없습니다. 김치를 만드는 방법은 수백 가지가 넘어요. 배추김치, 깍두기, 오이소박이, 동치미, 물김치, 파김치, 부추김치, 갓김치 등 김치 종류도 많고, 안에 들어가는 젓갈 종류도 새우젓, 까나리젓, 멸치젓 등 다양하고요. 저희 집에서는 겨울 김장김치를 담글 때 '생굴'을 넣는데, 하얀 쌀밥에 이 김장김치를 슥슥 비벼 먹으면 그 맛이 아주 일품이랍니다.

韓國人逢秋季時的一件大事就是醃製「김장김치（儲備泡菜）」。會動員全家族的人來醃泡菜。因為一次要醃「一整年要吃的泡菜」，醃製的量最少都要從幾十株起跳呢。以我們家來說，我小時候還一次醃過一年 60 株的量 -_-。所以最近幾乎沒有年輕人在醃製製作起來辛苦又困難的泡菜了。做泡菜的方法超過百種，不僅泡菜種類多，像白菜泡菜、醃蘿蔔塊、小黃瓜泡菜、泡菜湯、水泡菜、蔥泡菜、韭菜泡菜、芥菜泡菜等，放入泡菜中一起醃漬的醃醬種類也很多元，像蝦醬、魚露、鯷魚醬等。像我家在冬天醃「김장김치（儲備泡菜）」時還會放「生牡蠣」呢！白色的米飯佐這時候醃好的泡菜，拌在一起吃真的滋味一絕。

한국 사람은 불고기를 정말 그렇게 좋아하나요 ?

04

韓國人真的那麼喜歡吃肉嗎？

　네. 대만 사람에 비하면 확실히 ' 고기를 구워 먹는 ' 것을 좋아하는 것 같습니다. 양념 [1] 하지 않은 고기와 양념한 고기 둘 다 좋아해요. 구워 먹는 방법도 숯불, 가스불, 연탄불 등 여러 가지입니다. 한국식 고기구이의 특징은 뭐니 뭐니 해도 [2] ' 채소와 함께 ' 먹는 것입니다. 여러 가지 쌈채소 [3] 와 ' 쌈장 [4]' 이라고 부르는 소스를 함께 싸서 먹으면 그 맛이 일품 [5] 입니다.

　沒錯，比起臺灣人，的確韓國人似乎蠻喜歡「吃烤的肉」，不管有沒有調味過的肉都喜歡。烤來吃的方法也有很多種，像用木炭火烤、瓦斯火烤、煤炭火烤等。韓式烤肉不可或缺的特色就是「和蔬菜一起」吃。把烤肉包在各種蔬菜中，再搭配叫做「쌈장（韓式豆瓣辣椒醬）」的醬料一起吃，真的超好吃！

1. 양념　調味料　　　　名詞

參考　양념하다　腌、放調味料　[動詞]

모든 요리의 **양념**에서 제일 중요한 것은 비율입니다 .
放每道菜的調味料時，最重要的是比例。

2. 뭐니 뭐니 해도　不管怎麼說　　　　副詞

뭐니 뭐니 해도 한국어를 공부할 때 가장 어려운 것은 발음입니다 .
不管怎麼說，學習韓文時最大的困難點是發音。

3. 쌈채소　包烤肉用生菜　　　　名詞

여기요 ! **쌈채소** 하나 추가요 !
先生 / 小姐 ! 我要再加一份生菜 !

4. 쌈장　韓式烤肉專用豆瓣辣椒醬　　　　名詞

저는 한국에 여행 갈 때마다 꼭 **쌈장**을 두세 개 사 와요 . 그 맛이 정말 중독성이 있어요 .
我每次去韓國旅遊時，一定會買兩三個韓式豆瓣辣椒醬回來。那味道真讓人上癮。

5. 일품　極品、絕品、絕佳　　　　名詞

제가 자주 가는 정갈한 한정식 식당은 그 맛도 **일품**이에요 .
我常去一家很乾淨的韓定食餐廳，味道也超讚。

文法

N 에 비하면

跟 N 比起來

解說

很多同學要寫「比較句」的時候，都很認真查詞典寫「비교하다（比較）」這個動詞。但要用「비교하다」的話，句型會變得更複雜哦！「비교하다」的句型是 A 과 / 와 B 을 / 를 비교하다。例如：대만 여름 날씨와 한국 여름 날씨를 비교하면，대만 여름 날씨가 더 더워요．（要比較臺灣跟韓國夏天天氣的話，臺灣夏天更熱）所以水晶老師建議大家直接用「N 에 비하면」。

러시아에 비하면 한국 겨울 날씨는 춥지 않아요．

跟俄羅斯比起來，韓國冬天天氣不算冷。

사천 음식에 비하면 한국 음식은 맵지 않아요．

跟四川菜比起來，韓國菜不會辣。

한국 사람은 정말 개고기를 먹나요 ?

韓國人真的會吃狗肉嗎？

05

음……먹기는 먹지만 만 명에 한 명 정도 먹을까 말까 해요 . 그리고 요즘 젊은 사람들은 거의 먹지 않아요 . 아주아주 예전에 [1] 는 개고기를 보신탕 [2] 이라고 부르며 몸에 좋은 음식이라는 인식이 있어서 [3] 몇몇 [4] 사람들이 먹기도 했지만 , 지금은 개고기를 파는 곳을 찾기도 힘들 정도로 사람들이 많이 찾지 않아요 . 그리고 여러 동물 보호 단체의 꾸준한 인식 개선의 노력으로 , 이제는 개고기를 먹는 사람이 거의 없습니다 . 그러니 모든 한국 사람이 개고기를 먹는다는 그 이상한 믿음 (?) 은 좀 버리세요 !

嗯……有是有，但是不知道比率有沒有萬分之一呢。而且時下年輕人幾乎不吃。很久很久以前狗肉被叫做「보신탕（補身湯）」，給人這是對身體很好的食物的印象，所以會有一些人吃。但現在也已經很少人會吃了，少到也很難找到賣狗肉的地方。另外也因為許多動物保護團體努力倡導改善大家的觀念，現在幾乎沒什麼人在吃狗肉了。所以請大家拋棄「所有韓國人都會吃狗肉」這種奇怪的迷信（？）！

單字

1. 예전에   很久以前 [同義字] 옛날에   副詞

한국 사람들은 **예전에** 한복을 입고 생활했어요 .
韓國人以前都穿著傳統韓服生活。

---

2. 보신탕   補身湯 (狗肉湯)   名詞

요즘은 **보신탕** 먹는 사람이 거의 없어요 .
最近幾乎沒有人吃補身湯 (狗肉湯)。

---

3. 인식이 있다 / 없다   有 / 沒有自覺、認知、看法   片語

환경 보호에 대한 많은 **인식이** 지금보다 더 개선되어야 해요 .
關於環保的看法還是要再進步一點。

---

4. 몇몇   有些、某些   冠形詞

몇몇 사람들의 잘못된 행동으로 전체를 판단하면 안 돼요 .
不能以某些人錯誤的行為,而判斷一切。

文法

V/A-(으) ㄹ까 말까 하다

在考慮要不要 V、幾乎沒有可能性發生 V

解說

第一個用法為在猶豫要不要做某事情的時候，用於還在考慮、正在考慮要不要做的時候。第二個用法用於幾乎不在做、很少做某個行為、做不到幾次的時候。

날씨가 좀 애매해서 , 스카프를 두를까 말까 하고 있어요 .
天氣狀況有點說不定，正在考慮要不要圍圍巾。

제가 좋아하는 가수는 콘서트를 1 년에 한두 번 할까 말까 해요 .
我喜歡的歌手大概一年開一兩次演唱會。

한국 사람은 고수를 못 먹나요 ?

韓國人不敢吃香菜嗎 ?

06

이건 요즘 유행하는 줄임말 [1] 로 말하면 '사바사 [2]', '케바케 [3]' 예요. 낯설지만 [4] 큰 거부감 없이 고수를 잘 먹는 사람도 있고, 냄새만 맡아도 [5] 깜짝 놀라며 인상을 찌푸리는 사람도 있어요. 한국에서는 고수가 흔히 볼 수 있는 식재료가 아니기 때문에, 그 향이 낯설어서 못 먹는 사람이 많아요.

　　這個問題可以用最近流行的縮略語「사바사（因人而異）」、「케바케（個案不同）」來回答。有些人對香菜不熟悉，但也不會反感，很自然就吃下去了；但也有人光是聞到味道就嚇一跳，臉皺成一團。因為香菜在韓國不常見，所以也有很多人是因為對氣味感到陌生而不敢吃。

單字

---

1. 줄임말 簡稱、縮略語 名詞

비밀번호의 **줄임말**은 비번이에요 .
秘密號碼的縮略語為密碼。

---

2. 사바사 因人而異 名詞

' 사람 바이 (by) 사람 ' 的縮略語。表示「因人而異、每個人都不一樣，要看人」。
한국 남자는 모두 가부장적이라고요 ? 다 **사바사**예요 .
你說韓國男生都是大男人主義？其實要看人。

---

3. 케바케 個案不同 名詞

' 케이스 바이 케이스 (case by case)' 的縮略語。表示「每個狀況都不一樣、個案不同、沒有大原則，任何事情都有彈性」。
외국어 공부에 정답은 없어요 . **케바케**예요 .
學習外語的方法沒有正解，每個人用的方法都不一樣。

---

4. 낯설다 陌生、生疏 形容詞

환경이 **낯설면** 긴장하기 쉬워요 .
對環境陌生的話，會很容易緊張。

---

5. 냄새를 맡다 聞味道、嗅味道 片語

저는 코가 예민해서 **냄새를** 잘 **맡아요** .
我鼻子很敏感，所以很會聞。

---

memo

文化補充

~~~~~~

水晶老師再跟大家介紹幾個生活上常見的縮略語。原本縮略語都是網路用語，或是傳訊息時用，但最近很多人也會用在平常生活中。

안물안궁
沒問沒好

' 안 물어봤고요 , 안 궁금합니다 ' 의 줄임말 .
「我也沒有問，也沒有好奇」的縮略語。

ㅇㄱㄹㅇ
這是真的

' 이거 레알 ' 의 초성 . 레알은 real 의 스페인
어 발음 .
「這是真的」的初聲（每個字的第一個子音）。「真的 (레알)」是 'real' 的西班牙語發音。

~~~~~~

TMI（Too Much Information）

也太多資訊

Too Much Information 물어보지 않았는데 굳이 필요 이상의 정보를 말함.

「Too Much Information」的縮略語。根本沒有人問，但解釋或説明得也太認真、多。

낄끼빠빠

該插就插，不該插就不要插

'낄 때 끼고, 빠질 때 빠지다'의 줄임말.

「該插話的時候就插，不該插話的時候就不要插話（＝閉嘴）」的縮略語。通常用在罵很不懂察言觀色的人。例如：你都不懂 낄끼빠빠 嗎？不要再講啦！

한국 드라마에 나오는 '포장마차'가 뭐예요?

韓劇裡演的「布帳馬車」是什麼？

07

　　요즘은 거의 ' 드라마 안에서만 ' 존재하는 길거리 음식 전문점입니다 . ㅋㅋㅋ 원래는 가게 자리를 얻을 [1] 돈이 없는 영세 상인 [2] 들이 주로 밤에 주택가 또는 사람이 많이 지나가는 버스 정류장 근처 , 공원 근처 등에 포장마차를 설치하고 간단한 안주 [3] 와 술을 파는 곳이었어요 . 하지만 위생과 세금 등이 문제가 되고 , 이로 인해 불법 노점상 [4] 단속 [5] 이 날로 강화되면서 , 현재는 몇몇 곳을 제외하고 거의 사라졌습니다 . 대신에 , 요즘 지자체에서 지원하는 ' 푸드트럭 ' 이 대세입니다 .

　　其實最近「布帳馬車」都快變成「只有韓劇」才有的街頭小吃攤了呢ㄅㄅㄅ。本來布帳馬車是那些沒有錢可以租店面的小攤商所經營，主要是晚上經營，並開在住宅區道路上、人多的公車站或公園附近等，通常會賣一些簡單的下酒菜和酒。但因為衛生和稅金問題，政府也日益加強取締非法的攤販，現在大概只剩下幾個地方還看得到，其它的幾乎都要消失了。不過最近由地方政府所補助成立的「餐車（푸드트럭，food truck）倒是開始流行起來了。

單字

1. 가게 자리를 얻다 　找店面

목이 좋은 가게 자리를 얻는 게 쉽지 않아요 .
能找到熱鬧的商圈店面不是那麼簡單。

2. 영세 상인 　小工商人、小商小販、小攤商

시장의 영세 상인들을 괴롭혔던 폭력집단이 검거되었습니다 .
折磨市場上小商販的黑社會人物被拘捕了。

3. 안주 　下酒菜

제가 제일 좋아하는 소주 안주는 생선회입니다 .
我最喜歡的燒酒下酒菜是生魚片。

4. 노점상 　路邊攤、地攤生意、攤販

일부 노점상은 사람들의 통행에 방해가 돼요 .
某些路邊攤會妨礙一般人的通行。

5. 단속 　管束、拘管、取締

연말에는 음주 운전 단속이 더 강화됩니다 .
年底會更加強管制酒駕。

文法

關於「問題」的說法整理

문제가 되다 成為問題
문제를 삼다 當作問題
문제를 제기하다 發問、質疑
문제를 해결하다 解決問題

네가 특별히 문제 삼지 않으면 이 일은 그냥 지나가게 돼
있어 .
如果你沒有把這件事當作問題的話，這件事就會這樣過去的。

문제를 제기할 때 , 해결 방법도 같이 제시하는 게
좋겠지요 ?
提出問題時，也應該一起提出解決方法吧？

큰 문제가 되었을 때 일을 해결하려고 하지 말고 , 처음부터
큰 문제가 되지 않게 계획을 잘 세워서 일을 합시다 .
不要讓事情變成大問題時才想著要解決，而是在一開始就制定
不會產生問題的計畫，再去執行事情。

왜 겨울에도 찬물을 마시고 차가운 음식을 먹나요 ?

為什麼到了冬天也會喝冰水、吃冰呢？

08

확실히 [1] 한국 사람들은 미지근한 [2] 물이나 뜨거운 물보다는 찬물을 마시는 것이 자연스럽다고 [3] 생각해요 . 시원한 물은 청량감 [4] 을 주기 때문에 더 선호하는 [5] 것 같기도 하고요 . 또한 , 더운 여름에는 실내에 냉방이 되기 때문에 오히려 차가운 걸 먹으면 더 춥다는 느낌이 드는 반면 , 겨울에는 실내가 따뜻하기 때문에 차가운 빙수나 커피 등이 더 당기는 것 같아요 . 그래서 한국 식당에서는 기본적으로 제공하는 물이 ' 찬물 ' 입니다 . 뜨거운 물이나 미지근한 물을 마시고 싶을 경우에는 먼저 정수기가 어디에 있는지 찾은 후 직접 가서 떠 오는 게 제일 좋아요 . 물론 ' 뜨거운 물 한 잔만 주세요 .' 라고 부탁해도 됩니다 . 대만에서 오래 생활해서 겨울에는 뜨거운 물을 호호 불며 마셔야 하는 저는 겨울에 한국에 돌아가면 늘 보온병을 들고 다니면서 따뜻한 물을 마셔요 .

韓國人的確覺得喝冰水比喝常溫水或熱水還習慣，這是因為冰水喝起來比較清涼。而且炎炎夏日因為室內開冷氣的關係，喝冰水反而覺得冷，但是冬天室內很溫暖，反而讓人更想吃冷冰冰的刨冰或喝冰咖啡呢。所以韓國餐廳基本上都是提供「冰水」，如果想喝溫水或熱開水的話，建議先找一下飲水機的位置，並直接去盛水來裝。當然也可以跟店員說「뜨거운 물 한 잔만 주세요 . （請給我一杯溫開水）」。而對在臺灣生活很久、喝水前一定要先吹涼熱開水的我來說，冬天回到韓國時總會隨身攜帶保溫瓶、喝溫開水。

單字

1. 확실히　확實地、的確地　副詞

나이가 들면 **확실히** 신진대사가 떨어져요.
年紀越大新陳代謝確實越差。

---

2. 미지근하다　常溫的　形容詞

저는 **미지근한** 두유를 좋아해요.
我喜歡常溫豆漿。

---

3. 자연스럽다　自然的　形容詞

좋아, **자연스러웠어**!
不錯，（做事情做得）很自然！（沒被發現我做事有點彆扭時使用）

---

4. 청량감　清爽感　名詞

박하 맛 사탕을 먹을 때 아이스 아메리카노를 같이 마시면 **청량감**이 배가 돼요.
我在吃薄荷糖果的時候，順便一起喝冰美式咖啡的話，清爽感會更加倍。

---

5. 선호하다　喜好、偏好　動詞

한국 사람들은 집을 살 때 보통 아파트를 **선호해요**.
韓國人在買房子時，比較喜歡住宅型大廈。

文法

V-는 반면(에), A-(으)ㄴ 반면(에), N인 반면(에)

與之相反、另一方面、反之

解說

句型前面敘述的內容跟後面敘述的內容剛好正相反的時候，使用此句型。還有，先介紹第一個樣子或方面，再來介紹另一個樣子或方面的時候，也可以用此句型。

모든 일에는 좋은 점이 있는 반면에 나쁜 점도 있다.

所有的事情都有優點，但另一方面也都有缺點。（沒有事情是 100% 完美）

저는 공부는 잘 못하는 반면에 운동은 잘해요.

我功課不好，但體育很好。

선생님은 엄격하신 모습도 있는 반면에 유머러스한 모습도 있어요.

老師教書很嚴格，反之也很有幽默感。

왜 한국 사람들은 국물 있는 음식을 좋아하나요 ?

韓國人為什麼特別喜歡吃有湯的食物？

09

저는 밥과 반찬만 먹으면 좀 <u>뻑뻑하다</u>[1] 는 느낌이 있어요. <u>국</u>[2] 과 함께 밥을 먹으면 좀 더 잘 <u>넘어가는</u>[3] 느낌이랄까요? 그리고 추운 겨울에는 밥을 먹을 때 <u>뜨끈뜨끈한</u>[4] <u>국물</u>[5] 과 함께 먹으면 뱃속이 따뜻해지는 느낌이 들면서 추위를 <u>좀 덜</u>[6] 느끼게 돼요. 아, 그리고 식구가 많은 집에서는 다같이 밥을 먹을 때, 식탁 한 가운데에는 큰 냄비에 담긴 '찌개' 를 놓고 다 같이 먹고, 각 사람 앞에 '국' 을 따로 두는 경우도 있어요. '찌개' 는 반찬처럼 먹고, '국' 은 입가심을 하거나 밥을 다 먹고 나서 마무리하는 느낌으로 마시는 거예요.

我覺得只吃飯和小菜會很乾，應該說如果配著湯一起吃，比較好吞嚥的感覺？而且在寒冷的冬天配著熱騰騰的熱湯一起吃，肚子也跟著暖起來，反而不覺得那麼冷了。啊，還有，家人很多的家庭大家一起吃飯的時候，會把「鍋類」放在餐桌正中央，全家人一起吃。然後，另外把「湯類」放在每個人飯碗右邊。鍋類當作配菜來吃，湯則拿來漱口或作為一餐的尾聲。

1. 뻑뻑하다　乾、乾澀的　形容詞

콘택트렌즈를 오래 착용하면, 눈이 **뻑뻑한** 느낌이 들어요.
隱形眼鏡戴太久的話，眼球會感覺有點乾澀。

2. 국　湯、鍋　名詞

된장국에는 표고버섯이 잘 어울려요.
韓式大醬湯裡一定要放香菇，這是絕配。

3. 넘어가다　吞得下、咽得下　動詞

이 약이 쓴 약인 줄은 알았지만, **넘어갈** 때 진짜 쓰네.
雖然我早就知道這顆藥很苦，但吞下去時真的超苦的ㄟ。

4. 뜨끈뜨끈하다　熱乎乎的　形容詞

술 마신 다음 날에는 **뜨끈뜨끈한** 해장국이 꼭 필요해요.
喝酒的隔一天，一定要吃熱乎乎的醒酒湯。

5. 국물　湯水、湯頭、湯汁　名詞

너무 배가 고파서 설렁탕을 **국물** 한 방울 남기지 않고 다 먹었어요.
因為我肚子太餓，就一滴不剩地吃光雪濃湯了。

6. 좀 더 / 좀 덜　再多一點、再加倍 / 再少一點、也沒那麼　

아주머니 , 여기 깍두기 좀 더 주세요 !

阿姨，請再多給我一份蘿蔔泡菜！

文法

N(이) 랄까 (요)?

就像是～ (呢)、大概就是～ (呢)

....

解 說

1) 表示自我推測，自言自語猜測說的
2) 用於說話者找不到最恰當的表達方式時，為「大概這個樣子、大概就是」的意思
3) 表示推測懷疑，如「嗯，怎麼說呢？就是～」的意思

마치 하늘을 나는 기분이랄까 .

心情就像是在天上飛一樣呢。

그 사람은 타고난 언어적 소질이랄까 , 그런 게 있어요 .

大概是他有一種天生的語言天分。

음 , 뭐랄까 . 타이베이는 예스러운 느낌과 현대적인 느낌이 공존하는 것 같아요 .

嗯，怎麼說呢？臺北就像是一個古老的感覺跟現代的感覺混合在一起的都市。

왜 비 오는 날에는 부침개와 막걸리를 먹나요?

為什麼下雨天要吃煎餅、馬格利酒?

10

水晶老師說

　　기본적으로[1] 농경[2] 및 수렵[3]의 생활 방식을 이어온 한국 사람들에게 가장 중요했던 것이 바로 날씨입니다. 비가 오는 날에는 나가서 일을 할 수 없으니, 자연스럽게 술을 마시며 쉬게 되었고, 농부들이 막걸리에 안주가 될 만한 것으로 파전 같은 부침개를 먹다 보니, 어느새[4] 부침개와 막걸리는 '비 오는 날'을 대표하는 음식이 되었다는 이야기가 비교적 많이 알려져 있어요. 또 어떤 사람은 부침개가 익으면서 나는 지글대는 소리와 빗방울이 떨어지며 창문이나 바닥에 부딪힐 때 나는 소리가 비슷해서 비 오는 날 쉽게 부침개가 연상되는[5] 거라고도 해요.

　　對自古過著農耕及狩獵生活的韓國人來說，最重要的就是天氣。因為下雨而無法出門工作，於是就順理成章地喝酒休息。農夫大部分都把蔥餅這類煎餅當作喝馬格利酒的下酒菜，於是煎餅配馬格利便約定俗成地成了「下雨天」的代表食物。也有人說，因為煎餅在煎熟的過程中所發出的滋滋聲，和雨滴滴落在窗戶或地上的聲音很像，因此只要是下雨天就容易讓人聯想到煎餅。

1. 기본적으로　基本上　副詞

일자리를 구할 때 **기본적으로** 갖추어야 할 조건에는 무엇무엇이 있나요 ?
在找工作時，有哪些基本上必須要有的條件呢？

2. 농경　農耕　名詞

농경 사회에서 날씨 다음으로 중요했던 것은 '협동'이었습니다 .
農耕社會最重要的是天氣，接著是「合作」。

3. 수렵　狩獵　名詞

수렵 금지 지역에서 사냥 또는 포획을 하면 안 됩니다 .
在狩獵禁止地區裡，不准打獵或捕獲。

4. 어느새　不知不覺間、無形中　副詞

제가 한국에서 산 지 **어느새** 10년이 넘었네요 .
我住在韓國不知不覺已超過 10 年了。

5. 연상되다　聯想　動詞

펩시콜라를 보면 태극기가 **연상되는** 저는 영락없는 한국인이에요 .
看到百事可樂就聯想到韓國國旗的我，毫無疑問地是韓國人。

文 法

N-(이) 라고도 하다

也可叫做 N、也可以說這是 N

解 說

一個東西或一個對象原本有固定的名稱，但還有另外一個名稱也蠻常被使用時，就要用此句型來說。例如：흰밥을 쌀밥이라고도 해요 . （白飯也可以叫做米飯）。

한국어로 대만을 타이완이라고도 해요 .

「臺灣」的韓文唸法是「臺灣（dae-man）」，也可以說「Taiwan (Ta-Yi-Wan)」。

정말 오래 전에 데뷔한 아이돌 그룹을 ' 아이돌계의 조상 ', ' 아이돌의 시조새 ' 라고도 해요 .

人們將很久以前出道的偶像團體稱為「偶像的祖先」，也可以叫做「偶像的始祖鳥」。

제가 '죽'을 먹으면 한국 친구는 항상 '어디 아파?' 라고 물어요. 왜 그런가요?

為什麼在吃「粥」時，韓國人會問我是不是生病了呢？

11

한국에서는 ‘무슨 특별한 일이 있지 않는 한’ 죽을 먹지 않아요. 유아기 때 이유식으로 죽을 먹는 것 외에, 건강한 사람이 ‘오늘 한 끼는 죽으로 먹을까?’라고 생각하는 사람은 거의 없습니다. 한국에서는 보통 몸이 아프거나 소화가 잘 안 될 때 죽을 먹어요. 몸이 아프다는 것은 소화 기관[1]도 정상적으로 기능하지 않는다는 것을 의미하므로, 평소에 먹는 음식보다 소화가 쉬운 음식을 먹어야 합니다. 때문에 한국 사람들은 몸이 안 좋을 때 아무런[2] 양념이 없고, 씹기 힘든 건더기[3]도 없는 ‘흰죽’(흰쌀죽)을 먹습니다. 장염에 걸렸을 때도 마찬가지로 흰쌀죽을 먹습니다. 또한 호박죽, 팥죽, 전복죽, 해물죽 등 씹을 필요 없이 바로바로 먹을 수 있는 죽으로 기력[4]을 보충하기도 합니다.

그래서 저는 대만에서 장염에 걸렸을 때 ‘식빵’을 먹으라는 말을 듣고 얼마나 놀랐는지 몰라요. 안 그래도 소화가 힘든데 ‘빵’이라니……. 왜냐하면 한국 사람인 저는 기본적으로 밥이나 죽보다 더 소화가 어려운 게 빵이라고 생각하거든요. 그리고 한국에는 ‘광동지역 방식으로 만든 죽(廣東粥)’이 없기 때문에, ‘죽’이라고 했을 때 거의 위에 나열한 죽을 떠올립니다. 그러니까 한국인 친구가 ‘왜 죽을 먹어?’라고 물으면 ‘걱정하지 마, 나 안 아파. 그냥 먹고 싶어서 먹는 거야.’라고 대답하시면 돼요.

在韓國「只要沒有特別事情的話」是不會吃粥的，除了幼兒期把粥當作副食品來吃之外，一般健康的人不太會去想說「今天正餐要不要吃粥？」在韓國通常只有在身體不舒服，或消化不良的時候才會吃粥。身體不舒服基本上也意味著消化器官無法正常運作，必須吃比平常更好消化的食物。因此韓國人在身體狀況不好的時候，會吃沒有調味、沒有放入難咬的料的「白粥」，得腸胃炎時也一樣會吃白粥。而像南瓜粥、紅豆粥、鮑魚粥、海鮮粥等也不需咀嚼就可以馬上吞嚥，所以有些人也會吃這些粥來補充元氣。

所以我在臺灣聽到得腸胃炎的時候要吃「吐司」，真的超級驚訝！都已經消化不良了，竟然還吃「麵包」……，因為身為韓國人的我認為，比飯和粥還更難消化的基本上就是麵包了。另外韓國並沒有「廣東粥」，所以提到「粥」時幾乎都是想到上述所列的那些粥。因此當韓國朋友問你「왜 죽을 먹어？（為什麼要吃粥？）」時，就請直接回答「걱정하지 마, 나 안 아파. 그냥 먹고 싶어서 먹는 거야.（別擔心，我沒事。只是單純想吃而已。）」就可以了。

單字

1. 소화 기관　消化器官　　　　名詞

소화 기관에 좋은 음식으로 양배추가 있습니다 .
高麗菜對消化器官很好。

2. 아무런　怎麼樣的、任何　　　　冠形詞

너한테 아무런 미련도 남아 있지 않아 .
我對你沒有任何的留戀。

3. 건더기　湯中的料、菜　　　　名詞

찌개를 먹을 때 건더기만 골라 먹지 말고 , 국물도 함께 먹어야 해요 .
吃鍋類的時候不要只有吃料，湯汁也要一起吃。

4. 기력　元氣、力氣　　　　名詞

기력을 보충해야 할 때 홍삼을 먹으면 좋아요 .
需要補充元氣的時候，吃紅蔘對身體很好。

V/A-(으) 므로 , N 이므로

因而、故此

V/A-(으) 므로 , N 이므로 的動詞或形容詞內容為這句子後面內容的根據、理由、原因的時候，便使用此句型。此句型比 그래서 還文言一點。

비 오는 날은 길이 미끄러우므로 등산을 하면 안 됩니다 .
下雨天路很滑，故不要去爬山了。

그 사람은 부지런하므로 성공할 것입니다 .
他很勤勞，因而他一定會成功。

환절기에는 감기에 걸리기 쉬우므로 각별한 주의를 요합니다 .
換季期時容易感冒，因而需要特別注意。

為什麼在吃「粥」時，韓國人會問我是不是生病了呢？

memo

왜 생일날 ' 미역국 ' 을 먹나요 ?

為什麼生日要喝「海帶湯」？

12

　　정확하게[1] 말하면 미역국은 아기를 낳은 산모[2]가 먹는 산후조리[3] 음식입니다 . 미역은 모유량 증가에도 도움이 되고 , 자궁 수축[4]과 지혈[5]에도 효과가 있어 한국의 가장 대표적인 산후조리 음식으로 자리 잡았지요 . 낳아 주신 어머니의 은혜에 감사하기 위해 , 어머니의 노고[6]를 기념하는 뜻으로 먹었던 미역국이 이제는 생일 당사자가 먹는 것으로 바뀌었다는 이야기가 가장 보편적입니다 .

　　正確來說海帶湯是生產後的產婦所吃的產後調理食品。海帶可以增加乳汁分泌，也有子宮收縮和止血的效果，是韓國最具代表性的產後料理。而海帶湯變成壽星吃的食物裡最常見的說法是，因為要感謝媽媽的生育之恩、紀念母親的辛勞。

1. 정확하게   正確地、準確地   副詞

정확하게 요점만 말해 주세요 . 중언부언하지 마시고요 .
請正確地跟我說重點是什麼，不要一直跳針。

---

2. 산모   孕婦   名詞

산모가 건강해야 아이도 건강합니다 .
孕婦健康，小孩才能健康。

---

3. 산후조리   月子、產後調理   名詞

산후조리를 제대로 하지 않으면 몸이 허약해지기 쉬워요 .
月子沒做好的話，身體很容易變得虛弱。

---

4. 수축   收縮   名詞

운동을 할 때는 근육 수축 운동과 이완 운동의 균형을 잘 맞춰야 해요 .
運動時要好好調整肌肉收縮運動及緩和運動的均衡。

---

5. 지혈   止血   名詞

상처 부위 근처를 세게 묶어 지혈해 주세요 .
請將傷口部位附近綁緊以止血。

6. 노고 苦勞 名詞

그간의 노고에 감사드리는 마음으로 이 선물을 드립니다 .
為了感謝您這段時間的苦勞，我們贈送您這份禮物。

文法

V- 기 위해 (서), N 을 / 를 위해 (서)
為 V/N 起見

解說

通常用於為了達到一個目標時。此句型前面要寫「達到的目標」，後面要寫「為這個目標要做的行為或動作」。

안전을 위해 어린이는 보호자와 함께 탑승하시기 바랍니다 .
提醒您，為安全起見，兒童請務必在成人的陪同下乘坐。

비밀 보장을 위해 각별히 주의해 주십시오 .
為保密起見，請各位特別注意。

왜 한국 젓가락은 납작한 가요?

為什麼韓國的筷子是扁的呢？

13

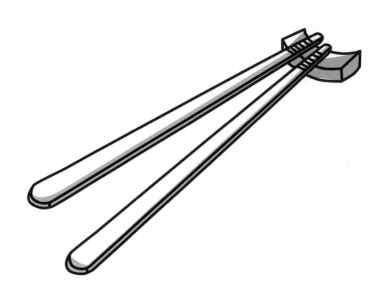

　　한국 젓가락에 대한 질문은 제가 대만에 살면서 1000번도 넘게 들은 것 같습니다 . 여러분이 한국 사람에게 늘 ¹ 물어보는 질문 중 하나니까요 . 이 질문을 하도 많이 받다 보니 한 · 중 · 일 젓가락에 대해 자연스럽게 관심을 갖게 되었어요 . 여러분은 왜 중화권 국가에서는 끝이 뭉툭하고 ² 긴 젓가락을 사용하는지 아시나요 ? 중화권 국가는 밥을 먹을 때 많은 사람이 모여 앉아 먹기 때문에 먹고자 하는 음식이 자신과 거리가 멉니다 . 그래서 자연스럽게 손을 멀리 뻗어 ³ 집어야 ⁴ 하는 기능이 요구되었고 , 이 때문에 ‘긴 젓가락’을 사용합니다 . 또한 , 일본은 생선 요리가 많은 편인데 , 가시를 발라 ⁵ 먹기 편하고 , 으깨지기 쉬운 생선 살을 집어 먹기 편하도록 끝이 뾰족한 ⁶ 젓가락을 사용합니다 . 그리고 도시락 문화가 발달하면서 젓가락 길이가 짧아졌지요 . 그럼 한국은요 ? < 내용 심화 > 편에서 알아보겠습니다 . ㅎㅎㅎ

　　關於韓國筷子的問題，我到臺灣之後大概被問了不下千次吧。因為這是各位最常問韓國人的問題之一，由於這個問題實在太常被問到，就自然想了解韓、中、日等國家的筷子文化。大家知道為什麼華人國家會使用尖端圓圓鈍鈍的長筷子嗎？因為華人國家吃飯時總

是很多人圍坐在一起吃，有時候想吃的食物會離自己比較遠，為了伸手就能夾到菜，於是使用的是「長筷子」。而日本因為常吃魚，為了方便挑刺和將魚肉分開，於是使用的是較尖的筷子。加上日本的便當文化發達，筷子的長度也比較短。那麼韓國呢？我們留到後面的〈文化補充〉篇再來談吧ㄏㄏㄏ！

1. 늘　總是　　　　　　　　　　　　副詞

아무리 긍정적인 사람이라 해도 , 늘 밝을 수는 없어요 .
就算是平常想法樂觀得不得了的人，也無法總是都很開朗。

---

2. 뭉툭하다　又粗又短　　　　　　　形容詞

끝이 뭉툭한 연필로 획수 많은 한자를 쓰면 무슨 글자인지 알아보기 힘들어요 .
用筆尖又短又粗的鉛筆寫筆畫很多的中文字，很難看出來是什麼字。

---

3. 뻗다　伸展、伸　　　　　　　　　動詞

스트레칭을 할 때는 팔과 다리를 확실하게 뻗으세요 .
伸展的時候，胳膊和腿要徹底地伸直。

---

4. 집다　撿、夾　　　　　　　　　　動詞

(어른이 아이에게) 손으로 반찬을 집어 먹으면 안 돼 .
（大人跟小孩子說）不准用手來撿東西吃。

---

5. 가시를 바르다 , 뼈를 바르다　挑刺、挑骨頭　　片語

갈치를 먹을 때는 양쪽 가시 먼저 바르고 가운데 뼈를 발라내는 게 가장 효율적이에요 .
吃白帶魚的時候要先把兩側的刺挑掉，再挑中間的骨頭比較快。

---

6. 뾰족하다   _{鋒利、尖利、尖銳}   形容詞

뾰족한 가위에 손 다치지 않게 조심하세요 .

為了避免你的手被鋒利的剪刀受傷，要小心一點。

文法

V- 는 편이다 / A-(으) ㄴ 편이다 / N 인 편이다

算是 ~ 、偏向 ~

......

解說

用於哪個傾向比較強或比較大的時候。這個句型也可以替代成 ~ 쪽에 가깝다（比較接近～），~ 중에 하나 (이) 다 .（其中一個）。例如，한국어는 어려운 편이에요 .（韓文算是很難的語言。）、한국어는 어려운 언어 중에 하나예요 .（韓文是很難學的外文之一。）、한국어는 쉬운 쪽이 아니라 어려운 쪽에 가까워요 .（韓文不是很簡單，而是比較接近很難學的語言。）

저는 추위를 많이 타는 편이에요 .

我算是很怕冷的。

대만은 장바구니 물가가 비싼 편이에요 .

臺灣的日常物價算是蠻貴的。

memo

文化補充

한국의 젓가락에 관한 이야기는 여러 가지가 있고, 의견도 분분합니다. 그 중에 가장 많이 알려진 내용은 다음과 같습니다.

1) 나무 재질보다는 금속 재질이 내구성이 더 강해서 쇠젓가락을 사용하게 되었다. 쇠로 된 물건은 옛날에 평민들이 사고 팔기에 가격이 나가는 것이었으므로, 쇠의 사용을 최소화하기 위해 납작한 형태로 만들게 되었다.

2) 젓가락은 밥을 먹는 용도가 아닌 반찬을 집는 용도였기 때문에, 둥글둥글한 모양보다는 납작한 모양이 자신이 먹고 싶은 반찬을 정확하게 집는 데 편리한 관계로 납작한 형태로 만들게 되었다.

關於韓國筷子眾說紛紜，其中最廣為人知的是以下說法：

1)　因為金屬材質比木頭材質耐用，所以就用了鐵筷子。而因為鐵製品對古代的平民來說買賣較昂貴，所以會盡量減少鐵的使用，便把筷子做成扁扁的樣子。

2)　因為筷子並非拿來扒飯，而是用來夾小菜，而扁扁的筷子比圓條狀的筷子更容易夾到自己要吃的小菜，所以才會把筷子做得扁扁的。

왜 일회용 그릇과 젓가락을 제공하지 않나요 ?

為什麼店家不提供免洗餐具呢？

14

水晶老師說

　　한국은 식당에서 일회용품 [1] 을 사용하게 되면 , 누구든 신고를 해도 [2] 됩니다 . 신고하면 내용에 따라 포상금 [3] 을 받기도 해요 . 즉 , 정부에서 일회용품 사용을 엄격히 [4] 규제하고 [5] 있다는 뜻이지요 . 얼마 전부터는 카페에서 사용하는 1 회용 종이컵에 대한 규제도 강해져서 예전보다 좀 더 적극적으로 [6] 일회용품 사용을 줄이고 환경을 보호하기 시작했습니다 . 그리고 요즘에는 대만과 마찬가지로 커피숍에서 일회용 빨대와 컵홀더를 제공하지 않습니다 . 그리고 한국에서는 이것을 좀 더 엄격하게 지키는 편입니다 . 만약에 커피숍에서 커피를 마시는데 일회용 컵으로 마실 경우 , 벌금이 한국 돈 200만 원까지 나올 수도 있습니다 . 또한 어떤 재래시장에서는 시장 입구에서 장바구니를 대여해 주는 등 일회용품 사용을 줄이기 위한 노력을 곳곳에서 엿볼 수 있습니다 .

　　在韓國只要有人看到餐廳內使用免洗用品是可以檢舉的，而且檢舉的人還可以依檢舉的內容得到獎金，也代表韓國政府很嚴厲地管制免洗用品。不久前政府也加強規範咖啡廳的免洗紙杯使用，開始比以前更積極地減少免洗用品的使用量以保護環境。另外韓國最近也跟臺灣一樣，咖啡廳不再提供塑膠吸管及杯套，而且韓國在這方面算是比臺灣更嚴格一些，如果在咖啡廳裡用免洗紙杯喝咖啡的話，最高可以罰到韓幣200萬元的罰金。另外也可以在傳統市場入口處租借菜籃等等，可見各地都在努力降低免洗用品的使用。

1. 일회용품　免洗用品　名詞

일회용품 사용을 줄이기 위해 여러 노력이 필요합니다.
為了減少免洗用品使用量，需要許多方面的努力。

2. 신고하다　檢舉、報警　動詞

경찰에 신고할 때는 112를 누르세요.
報警的時候請按 112。

3. 포상금　獎金　名詞

메달을 딴 국가 대표 운동선수들은 포상금을 받아요.
摘取獎牌的運動國手都能拿獎金。

4. 엄격히　嚴格地、嚴謹地　副詞

뛰어난 인재를 뽑기 위해 선발 기준을 엄격히 적용합니다.
為了挑選優秀的人才，要適用很嚴格的選拔標準。

5. 규제하다　限制　動詞

방송에서는 무분별한 외래어 사용을 규제하고 있습니다.
韓國每個電視台都在限制不三不四、沒原則的外來語使用。

6. 적극적으로   積極地、熱心地、主動地   副 詞

선생님은 <u>적극적으로</u> 수업에 참여하는 학생을 좋아해요 .
老師通常都喜歡很積極地參與上課內容的學生。

文法

V-(느) ㄴ다 /A- 다 /N(이) 라는 뜻이다

意思是～、意味著～

解 說

用於要解釋某一個單字或句子的定義時，當中文用法為「N 是指～」、「N 指的是～」時也可用此句型。

한국과 대만 모두 ' 밥 먹었어 ?', ' 어디 가 ?' 라는 말은 곧 ' 안녕 ?' 이라는 뜻입니다 .
在韓國和臺灣，當有人說「你吃飽了嗎？」、「你去哪裡？」的話，意思和「你好？」是一樣的。

선생님이 어느 날 유난히 큰 컵을 들고 커피를 마시고 있다면 , 그건 선생님이 아주 많이 피곤하다는 뜻입니다 .
當有一天，老師拿著特別大的杯子來喝咖啡的話，這就代表老師非常累的意思。

밥을 먹을 때 왜 밥그릇을 들고 먹으면 안 되나요?

為什麼吃飯時，碗不能拿起來呢？

15

밥그릇[1]을 반드시[2] 식탁에 놓고 밥을 먹어야 하는 이유는 크게 두 가지가 있다고 합니다. 한국은 오래전부터 '놋쇠 그릇'에 밥을 담아 먹었는데, 놋쇠 그릇은 보온 기능이 도자기[3] 그릇보다 좋습니다. 그리고 표면이 아주 뜨겁습니다. 뜨끈한 놋쇠 그릇을 손에 들고 밥을 먹을 수는 없었겠지요. 다른 하나는 밥그릇을 들고 밥을 먹으면 점잖지 않다고[4] 여기는 문화 때문입니다. 어른들이 밥그릇을 들고 밥 먹는 아이를 보면 '밥을 구걸하는 거지가 그렇게 먹는다'며 나무라시기[5]도 합니다.

韓國人為什麼一定要把碗放在桌上吃飯的原因大致上有兩個。韓國以前是用「黃銅器皿」盛飯來吃，黃銅器皿的保溫功能比陶瓷好，而且表面很燙，所以總不能捧著很燙的碗吃飯吧？另一個原因則是因為韓國人認為把碗拿在手上吃飯看起來很不穩重，所以大人要是看到把碗拿在手上吃飯的孩子就會責備說「只有討飯的乞丐才會那樣吃」。

單字

1. 밥그릇　飯碗 [名詞]

밥그릇은 왼쪽에 , 국그릇은 오른쪽에 놓는 것이 한국의 식사 예절입니다 .
韓國的用餐禮儀是飯碗要放左邊，湯碗要放右邊。

2. 반드시　一定、必須 [副詞]

내가 세운 목표를 반드시 달성할 거예요 .
我樹立的目標，我一定要達到。

3. 도자기　陶瓷 [名詞]

대만에서 유명한 도자기 마을은 ' 잉거 ' 예요 .
在臺灣最有名的陶瓷村是鶯歌。

4. 점잖다　文雅、持重、穩重 [形容詞]

제 남자친구는 젊은 사람치고는 참 점잖아요 .
我男朋友算是很持重的年輕人。

5. 나무라다　責怪、責備、批評（通常用於長輩對晚輩、上司對下屬） [動詞]

할머니는 보통 마음이 약하셔서 손주를 크게 나무라지 못하세요 .
奶奶通常因為很疼孫子（心很軟）而不太能責備孫子。

文法

V-(으)ㄹ 수는 없다

也無法 V、也不能 V

解說

如果單純要說「不能 V、無法 V、V 不到」的話，直接用 'V-(을) 수 없다' 即可。但若要用「也」來強調一點的語氣的話，中間必須要加 는。有些讀者可能會問有沒有「也」有什麼差別？水晶老師會這樣回答大家：我們在講中文時，「這很好」跟「這也太好吧」這兩句語氣不一樣，對吧？有沒有加 는 就是這差別。

이렇게 더운데 찬 음료를 아예 안 마실 수는 없어요.
天氣這麼熱，也不能完全不喝冰的。

이렇게 포기할 수는 없어요. 어떻게 잡은 기회인데.
也不能這樣放棄，難得有了這機會呢。

다 같이 밥 먹을 때 왜 공용 국자, 공용 젓가락을 사용하지 않나요?

為什麼一起吃飯時，大家不用公筷母匙呢？

16

그… 그러게요… ㅠㅠ 왜 그랬을까요 ㅠㅠ 한국 사람들은 가족끼리 밥 먹을 때나 친한 친구들끼리 밥 먹을 때 정 없이 '네편 내편'가르는 [1] 게 불편하다고 느꼈던 것 같습니다. 유난히 [2] '우리'를 좋아하는 한국 문화에서 파생되어 [3] 나온 생활 양식이 아닌가 합니다. 같은 찌개 그릇에 이 사람 숟가락, 저 사람 숟가락 들락날락하는 [4] 걸 보면 저도 입맛이 싹 가셔요 [5]. 요즘은 좀 많이 나아져서 공용 국자, 공용 젓가락을 사용한다고는 하는데, 한국 드라마를 보면 아직도 이 사람 저 사람 다 한 그릇에 숟가락 젓가락을 넣었다 빼니, 보는 것만으로도 참 괴롭습니다.

這、這個嘛……TT。為什麼不用呢TT？韓國人覺得和家人或朋友一起吃飯的時候，無情地分「你的我的」好像會不太自在。或許這是特別喜歡「우리（我們）」的韓國文化所衍生的生活樣貌吧。同一鍋湯，這個人一湯匙、那個人一湯匙，看到湯匙此起彼落的樣子，我也不禁沒了胃口。雖然最近已經好很多了，都說要用公筷母匙，但還是可以在韓劇看到大家用湯匙筷子在同一鍋湯裡探進探出，光看還是覺得難受。

1. 네 편 내 편 가르다　分你的還是我的　片語

어린애들처럼 네 편 내 편 가르지 맙시다 .
我們不要像小孩子一樣分什麼你我吧。

2. 유난히　格外、也太特別　副詞

이번 여름은 원래도 더웠지만 오늘은 유난히 더 덥네요 .
今年夏天本來就很熱，但今天特別熱。

3. 파생되다　衍生　動詞

영어는 라틴어에서 파생된 언어입니다 .
英文是從拉丁語衍生出來的語言。

4. 들락날락하다　進進出出　動詞

아까부터 사무실에 계속 들락날락하는 저 아이는 누구입니까 ?
從剛才開始一直進進出出辦公室的那個小孩到底是誰啊？

5. 입맛이 싹 가시다　完全沒有胃口　片語

밥 먹는 도중에 갑자기 배설 관련된 얘기가 나오니 , 입맛이 싹 가시네요 .
吃飯的時候突然聊到解大小便的話題，就完完全全沒有胃口了。

文法

V- 는 것만으로도
光 V 也、光 V 都、光 V 就

....

解說

只要充足一個條件就足夠造成固定的結果時，就用此句型。는 것만으로도 前面需要說「要充足的條件」，後面要寫「造成的結果」。例如：「只要我充足看書，就能夠得到紓壓的結果」時，就說 책을 보는 것만으로도 스트레스가 풀려요 .（光看書就能夠紓壓）。

공포 영화는 소리를 듣는 것만으로도 무섭고 괴로워요 .
恐怖片是光聽聲音就很可怕又痛苦。

맛있는 디저트를 먹는 것만으로도 기분이 좋아질 수 있어요 .
光吃很好吃的甜點，心情就能夠好很多。

식당에서 밥 먹을 때 반찬은 무한 리필이 가능한데 왜 밥은 따로 돈을 내야 해요?

餐廳的小菜可以免費續，而為什麼白飯需另外付費呢？

한국인의 주식 [1] 은 '밥' 입니다 . 때문에 반찬은 많이 먹는다고 해도 먹는 양이 어느 정도 [2] 정해져 있고 , 또 실제로 [3] 그렇게 많이 먹지 않습니다 . 하지만 '밥' 은 정말 많이 먹어요 . 많은 한국인들의 식습관 [4] 이 '밥' 을 먹기 위해 반찬과 국을 먹는다고 해도 과언이 아니기 때문에 , 밥을 꽤 많이 먹습니다 . 그래서 밥은 돈을 받고 [5], 반찬은 무료로 더 먹을 수 있게 되었다고 합니다 . 그리고 사람들이 '반찬은 밥을 사 먹으면 원래 주는 것' 이라고 생각해요 . 맨밥만 먹는 사람은 없으니까요 . >_< 그래서 반찬은 '부수적인 것' 이므로 따로 돈을 내지 않습니다 .

韓國人的主食是「飯」。因此就算小菜再怎麼吃也只會吃到一定程度，實際上也不會吃太多，但「飯」是真的吃很多，多到如果說韓國人的飲食習慣是為了吃「飯」而吃小菜和湯也不為過。因此吃飯要錢，而小菜則是免費提供讓客人多吃一點。另外大家認為「小菜是點飯時就會一起附贈的」，畢竟不會有人只單吃白飯 >_<。也因此小菜是「附屬的食物」，不用額外付錢。

單字

1. 주식　主食　名詞

한국인의 **주식**은 '밥' 이에요 .
韓國人的主食是「飯」。

2. 어느 정도　多多少少、深深淺淺　副詞

어느 정도 예상한 일이라 놀랍지 않아요 .
其實我多多少少都有預測到，所以不會特別驚訝。

3. 실제로　實際上　副詞

이 영화는 **실제로** 일어난 일을 바탕으로 만든 이야기입니다 .
這部電影是以實際發生的事件為基礎製作的。

4. 식습관　飲食習慣　名詞

올바른 **식습관**을 기르기 위해 모든 음식을 골고루 먹어야 해요 .
為了養成正確的飲食習慣，每樣菜都要吃。

5. 돈을 받다　收錢　片語

돈을 받을 때는 민망해 하지 말고 , 그 자리에서 바로 세어 봐야 해요 .
你在收錢的時候，不要覺得不好意思，一定要當面數一數才對。

文法

V-(느) ㄴ다고 / A- 다고 / N(이) 라고 해도 과언 이 아니다

並非言過其實、說……也不過分 / 也不為過 / 也不是很 誇張的

解說

把 A 說成 B 也很不意外、也太理所當然、也不過分的時候，就 使用此句型。表示也太恰當、也太當然，所以根本不用說的語 氣。

요즘 제품 판매의 성공 여부는 광고에 달려 있다고 해도 과 언이 아니에요 .

就算說最近的廣告決定了產品銷售的成功與否，也並非言過其 實。

마이클 잭슨이 팝의 황제라고 해도 과언이 아니에요 .

我們都說「麥可傑克森是流行音樂之王」並非言過其實。

한국 식당에서는 다 앞치마, 섬유탈취제, 차가운 물을 주나요?

韓國餐廳都會提供圍裙、芳香噴霧、冷水嗎?

일단, 차가운 물은 100% 입니다. 네, 물은 무조건 차갑습니다. 뜨거운 물을 마시고 싶으면 따로 요청해야 합니다. 앞치마[1] 와 섬유탈취제[2] 는 주로 '불에 굽는 음식' 을 파는 곳에서 제공합니다. 닭갈비집, 곱창[3] 집, 고깃집 등 옷에 냄새가 배[4] 거나 옷에 양념이 튈[5] 수 있기 때문입니다. '고기 먹고 나와서 옷에서 고기 냄새 나는 게 뭐 어때서?' 라고 생각할 수도 있겠으나, 많은 사람들이 '대중교통' 을 이용해서 집에 돌아가기 때문에, 옷에서 기름 냄새 또는 고기 냄새를 풍기[6] 는 건 예의에 어긋난[7] 다고 생각합니다.

冰水是 100% 會提供的。沒錯，水一定是冰的，如果要喝熱水得另外要求。圍裙和芳香噴霧主要是販賣「火烤食物」的店家才會提供，因為像辣炒雞店、烤腸店、烤肉店等地方的味道，都會滲到衣服或醬料會噴到衣服上。雖然可能有人會想「吃完烤肉衣服會有烤肉味又怎樣呢？」，但是因為很多人都是搭乘「大眾交通工具」回家，如果身上散發油膩的味道或烤肉的味道，似乎也有違禮節。

單字

---

1. 앞치마　圍裙　　　　　　　　　　　名詞

기름이 튀는 요리를 할 때는 **앞치마**를 해도 조심해야 해요 . 손이나 팔에 기름이 튈 수도 있어요 .

在做會噴油的料理時，即使穿著圍裙也要小心才行，油搞不好也會噴到手或手臂上。

---

2. 섬유탈취제　芳香噴霧　　　　　　　名詞

몸에 닿아도 안전한 **섬유탈취제**에는 어떤 게 있을까요 ?

有哪些是噴到身體上也很安全的芳香噴霧呢？

---

3. 곱창　烤腸　　　　　　　　　　　　名詞

곱창구이를 먹을 때는 꼭 콩가루가 필요해요 .

吃烤腸時一定要沾黃豆粉。

---

4. 냄새가 배다　味道滲入　　　　　　片語

저녁에 갈비를 먹었더니 머리카락에 고기 **냄새가 배었어요** .

晚餐吃了排骨，結果頭髮都是烤肉的味道。

---

5. 튀다　噴、濺　　　　　　　　　　　動詞

비 오는 날 자동차가 내 옆으로 지나가면서 빗물이 옷에 **튀었어요** .

下雨天車子從我旁邊開過去時，把雨水也濺到我衣服上了。

---

6. 냄새를 풍기다 散發味道 `片語`

옆집에서 음식 냄새를 심하게 풍겨서 창문을 열 수가 없어요.
因為隔壁有很重的食物味,所以無法開窗。

---

7. 예의에 어긋나다 失禮、違背禮節 `片語`

어른과 전화 통화를 할 때 어른보다 전화를 먼저 끊는 것은 예의에 어긋나는 행동이에요.
跟長輩講電話時,比長輩還早掛電話是很失禮的行為。

文法

V-는 게 / A-(으)ㄴ 게 / N인 게 뭐 어때서(요)?

又如何?、又怎樣?、有怎麼樣嗎?

`解說`

這是非常非常口語的說法。中文也是吧?跟長輩或跟上司不能很輕易地說「又怎樣?又如何?」對吧!所以在使用此句型時,一定要注意表情和語調喔!

한국 사람이 중국어를 할 때 한국인 억양이 있는 게 뭐 어때서요?
韓國人在講中文時,有韓國人腔又如何?

아닐 때 아니라고 말하는 게 뭐 어때서요?
事情真的不對的時候就說不對,會怎麼樣嗎?

한국 식당에서는 팁을 받나요?

韓國餐廳會收小費嗎？

19

아니요. 팁[1]을 받는 곳은 아주 극소수[2]입니다. 식당 직원이 개인적으로 팁을 받는 경우는 아주 드물[3]고, 대만과 마찬가지로 음식 값에 V.A.T 라고 부르는 '봉사료[4]' 또는 '부가가치세[5]' 가 포함되어 있습니다. V.A.T 는 총 금액의 10% 정도입니다. 서비스 가 정말 마음에 들어서 팁을 드리고 싶으신가요? 그래도 좀 참으 시기 바랍니다. 자칫하면[6] 분위기가 어색해지고, 거절당할 확률 도 높습니다. 그렇지만 미용실에서는 머리가 정말 마음에 들었을 때 현금으로 팁을 드리기도 해요.

不會，沒什麼地方在收小費。餐廳員工很少自己 收小費，和臺灣一樣，只是會在消費金額添加叫做 V.A.T 的「服務費」或「附加價值稅」，V.A.T 大概是 總金額的 10% 左右。大家是覺得服務太好所以想給小 費嗎？那麼還請忍忍，不小心的話會把氣氛搞僵，而 且被拒絕的機率也很高。但也有很滿意髮廊做的頭髮 時，而用現金給小費的情況。

1. 팁 小費 名詞

팁을 동전으로 주는 것은 예의에 어긋나는 행동이에요 .
用銅板給小費是很沒禮貌的行為。

2. 극소수 極少數 名詞

어려운 시험에 한 번에 합격하는 사람은 극소수예요 .
一口氣就通過困難考試的人是極少數。

3. 드물다 頻度很低、很少、稀疏 形容詞

우리 오빠는 집에 일찍 들어오는 경우가 드물어요 .
我家哥哥很少早一點回家。

4. 봉사료 服務費 名詞

상기 요금에는 봉사료와 세금이 포함되어 있습니다 .
以上金額包含服務費和稅金。

5. 부가가치세 附加價值稅 名詞

부가가치세는 다른 말로 일반 소비세입니다 .
附加價值稅換句話說就是一般消費稅。

6. 자칫하면　一不小心就

비 오는 날에는 **자칫하면** 옷이 비에 젖기 쉽습니다.

下雨天時，一不小心衣服就很容易濕掉。

文法

V–나요?/A–(은)가요?/N인가요?

表達親近感、沒有很大的距離感的語尾詞

．．

解說

比 V/A- 아 / 어 / 해요 還更口語、還更表達對對方的好感和親和感的語氣。當你要很客氣又有禮貌地問店面或商店老闆一些問題的時候，通常就會使用這句型。

저, 실례합니다. 다음 달에 인천공항으로 가는 비행기 표가 있나요?

呃……不好意思，下個月抵達仁川機場的機票還有嗎？

사장님, 이거 새 제품인가요? 아니면 진열되었던 물건인가요?

老闆，這是新的產品嗎？還是有展示過的？

왜 한국 식당에서 주는 음식은 다 양이 많은가요?

20

為什麼韓國餐廳的食物分量都給很大份？

水晶老師說

'곳간에서 인심 난다', '먹고 죽은 귀신[1]이 때깔도 좋다' 등의 속담에도 나타나듯이, 한국 사람들은 기본적으로 '음식은 양[2]이 푸짐해야 한다[3]' 고 생각했습니다. 음식을 남길 만큼 푸짐하게 대접하는[4] 문화 때문에 음식물 쓰레기[5] 문제가 한동안 심각했고요. 또 손님이 배부르지 않게 식사를 마치면, 양이 적고 인심이 안 좋은[6] 식당이라고 소문이 나기[7] 쉽기 때문에 대부분의 식당은 음식 양을 넉넉하게[8] 내놓는 편입니다.

「곳간에서 인심 난다（倉稟實而知禮節）」、「먹고 죽은 귀신이 때깔도 좋다（吃飽之後往生的鬼，氣色也比較好：民以食為天）」，正如這兩句俗諺所表達的含義一樣，韓國人一般認為「飯要吃得豐盛」。因為韓國人慷慨好客的文化，導致有一陣子廚餘問題相當嚴重，準備越豐盛、吃剩的食物就越多。而且如果沒讓客人吃飽，很容易會被傳成量少又吝嗇的店家，所以大部分的餐廳都會準備豐富的食物。

1. 귀신 鬼

名詞

한국의 대표적인 귀신은 처녀귀신입니다 .
代表韓國的鬼就是處女鬼。

2. 양 量

名詞

대학교 근처 식당은 양이 많고 가격이 싼 곳이 많아요 .
大學附近的餐廳通常都是量很多價錢又便宜。

3. 푸짐하다 豐盛

形容詞

명절 음식을 푸짐하게 준비하는 것은 곧 온 집안 여성들이 고생했다는 뜻이지요 .
過節時準備了很豐盛的菜，就等於全家女生都非常辛苦地做菜的意思。

4. 대접하다 接待

動詞

손님을 잘 대접하기 위해서는 이것저것 신경 써야 할 게 많아요 .
為了好好接待客人，得在很多方面花心思。

5. 음식물 쓰레기 廚餘

名詞

음식물 쓰레기는 꼭 따로 버려야 해요 .
廚餘一定要另外丟掉。

6. 인심이 좋다　人心好

片 語

이 마을은 경치도 좋고 , 인심도 좋아요 .

這個村子風景很好，人心也好。

---

7. 소문이 나다　有口碑

片 語

' 소문 난 잔치에 먹을 것 없다 ' 는 속담이 있어요 .

韓國有一個俚語叫「口碑很好的宴席沒有什麼好吃的（張揚的宴席沒吃頭）」。

---

8. 넉넉하다　充裕、足夠

形容詞

여행 갈 때는 기름을 넉넉하게 넣어야 안심 돼요 .

去旅遊的時候，加油要加足夠才能放心。

V-(으)ㄴ/V-는/V-(으)ㄹ 만큼, A-(으)ㄴ 만큼, N 인 만큼

像 V/A/N 程度一樣（表示程度跟數量），有多少～就有多少～

解說

付出某個代價，就能夠得到差不多價值的另外一個成果。付出的努力或代價跟後果的價值是彼此相當的時候，就用此句型。

우리 둘이서 3인분 시키니까, 나 먹는 만큼 너도 먹어야 돼.
我們兩個人點三人份，你要像我一樣努力地吃哦。

이 가방은 비싼 만큼 품질이 좋군요.
這包包貴得有其價值。

여행은 고생한 만큼 추억이 돼요.
旅遊這事，你有多少辛苦，就有多少回憶。

memo

음식 배달 문화가 많이 발달했다고 들었는데, 왜 그런가요 ?

有聽說外送文化很發達，是為什麼呢？

21

한국 사람들은 집에서 직접 요리해서 먹기 어려운 음식들을 밖에서 사 먹어요. 이를테면[1], 치킨, 자장면 등이지요. 여기에 편리함[2]과 속도[3]를 중요시하는[4] 소비자들의 욕구와, 더 많은 이윤을 남기고자 하는 판매자의 욕구가 맞아떨어지며, 배달하는 가게가 하나둘씩[5] 늘어나게 되었습니다. 또한 잦은[6] 야근으로 인해 귀가 시간이 늦는 사람이 많아, 집에 돌아와서 따로 요리를 하지 않고 간단하게 야식[7]을 먹고 싶을 때 배달 서비스를 많이 이용하기도 합니다.

그리고 한국에서는 어떤 음식이든지 배달이 가능해요. 삼겹살, 곱창구이, 생선회도 배달이 가능할 정도예요. 요즘은 '배달앱'으로 배달을 시키는 경우가 많은데, 배달 요금은 가게마다 달라요. 배달 요금은 보통 2500원~3500원이고, 대부분의 가게는 주문하는 액수가 일정 금액 이상이 되어야 배달이 가능합니다. 이때 배달 요금을 따로 받을지 안 받을지는 점주의 생각에 달려 있습니다. 그리고 '한국식 중화요리'를 배달시킬 경우, 대부분 다 먹은 후 그릇을 문밖에 내놓아야 해요. 중화요리집은 배달할 때 일회용 그릇을 잘 쓰지 않기 때문에, 배달할 때 같이 온 비닐 봉투에 그릇을 넣어 문 앞에 놓아 두면, 배달원이 다시 회수해 갑니다.

　　韓國人一般會在外面買那些難以在家裡做來吃的食物，例如炸雞、炸醬麵等。因此重視便利和速度的消費者需求，和想賺取更多利潤的販賣者需求剛好不謀而合，外送店家也就一間兩間地開起來。加上韓國人因為加班的頻率高，很多人晚歸，回到家也不想再做菜，於是想要簡單吃個宵夜時，經常就會利用外送服務。

　　而且韓國基本上任何食物都能外送，連五花肉、烤腸、生魚片這些都送。最近也有很多人會用「外送app」來叫外送，而外送費用每家店都不一樣。外送費通常介於韓幣 2500 ～ 3500 元，而且大部分的店家都要達到一定的訂餐金額才能送，這時候要不要另外收外送費就看店家老闆如何決定了。還有如果點「韓式中華料理」的話，大部分都必須在吃完後將碗盤放在門口外。因為中華料理餐廳送外送時不會用免洗碗盤盛裝，所以吃完後，要將碗盤放進收到餐時一起收到的塑膠袋裡，並放在門口前方，外送員會再來收回去的。

單字

1. 이를테면　舉例說、可說 　　　[副詞]

나는 무용한 것을 좋아하오 . **이를테면** 별 , 바람 , 꽃 같은 . (드라마 〈미스터 선샤인〉 명대사)

我喜歡沒有用的東西。舉例來說，星星，風，花等。（韓劇陽光先生台詞）

2. 편리함　方便性、便利性 　　　[名詞]

편리함만 추구하면 정확성을 잃기 쉬워요 .

只有追求方便的話，很容易失去準確度。

3. 속도　速度 　　　[名詞]

보드가 스키보다 **속도**가 빨라요 .

滑雪板的速度比滑雪還快。

4. 중요시하다　重視 　　　[動詞]

저는 직장을 구할 때 , 연봉보다는 근무 환경을 더 **중요시해요** .

我在找工作時，比起年薪，我更重視上班環境。

5. 하나둘씩　一個個、逐漸 　　　[副詞]

집에 있는 물건들이 **하나둘씩** 사라져요 . 남편이 중고로 파는 것 같아요 .

在家裡的東西一個個不見了。好像是我老公拿來當二手品賣出去了。

6. 잦다　頻繁　　　　　　　　　　　　　形容詞

잦은 밤샘은 건강에 치명적입니다.
頻繁的熬夜對於健康是非常致命的。

---

7. 야식　宵夜　　　　　　　　　　　　　名詞

야식을 끊지 못해서 다이어트는 늘 실패로 끝나요.
由於戒不掉宵夜的關係，我的減肥永遠是失敗的。

文 法

V- 게 되다
事情變成讓我做 V 了

解 說

狀況讓你要做這行為、處於特定的情況或狀況下時，使用這句型。表示因為某種因素或是自然而然發生，讓狀況變成一定要做某行為的局面。

내일 갑자기 출장을 가게 되어서, 오늘 밤에 빨리 짐을 싸야 해요.
我明天突然要去出差，今晚要趕快打包行李。

이 과자는 참 신기해요. 그만 먹어야겠다고 생각은 하는데, 자꾸 계속 먹게 돼요.
這餅乾真神奇。我明明想著不要再吃了，但還是一直停不下來呢。

memo

제 2 장

住·行

在這個章節中，水晶老師會回答韓國的居住、交通等文化問題，像是同學們很常問的「전세 跟 월세 的差別」、喬遷宴的送禮文化等，了解這些文化後，也別忘了學習韓語哦！

한국의 주거 형태에는 어떤 것들이 있나요?

韓國的房屋有哪些種類？

22

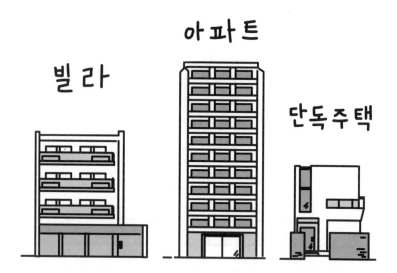

빌라

아파트

단독주택

한국의 주거 형태¹ 는 보통 빌라 , 아파트 , 단독주택 , 오피스텔로 나뉩니다 . 그 중에서도 아파트가 제일 보편적² 이에요 . 같은 단지 안에 10개에서 20개 동이 있습니다 . 일주일에 한 번 직거래³ 장터가 열리기도 하고 , 세대수⁴ 가 많기 때문에 단지 안에 부동산 , 문구점 , 마트 , 각종 학원 , 어린이집 , 유치원이 있습니다 . 어떤 단지 안에는 초등학교도 있습니다 . 빌라는 대만에서 가장 보편적인 주거 형태인데 , 대만과 가장 큰 차이점⁵ 은 쓰레기차⁶ 를 따라다닐 필요 없이 , 정해진 곳에 쓰레기를 버리면 된다는 것 , 그리고 요즘 짓는 빌라는 엘리베이터⁷ 가 있다는 것입니다 .

韓國的居住型態一般可分為公寓華廈 （ 빌라 ） 、 大樓 （ 아파트 ） 、 獨棟 （ 단독주택 ） 、 住商混合公寓 （ 오피스텔 ） 。 其中以大樓 （ 아파트 ） 最為普遍 。 相同社區 （ 단지 ） 內通常會有 10 ～ 20 棟 , 通常一週會辦一次面交的市集 （ 직거래 장터 ） , 加上戶數多 , 因此社區內也有仲介所 、 文具店 、 超市 、 各種補習班 、 托嬰中心 、 幼稚園 , 有些社區還有小學 。 公寓華廈是臺灣最普遍的居住型態 , 韓國和臺灣最大的差異點就是不需要追著垃圾車跑 , 只要把垃圾丟在指定的地方就好 , 以及最近韓國新蓋的公寓華廈也有了電梯 。

1. 주거 형태 居住形態 　名詞

주거 형태에 따라 생활 방식도 조금씩 달라요.
隨著居住形態的不同，生活方式也稍微不一樣。

2. 보편적 普遍 　名詞

보편적 가치를 추구하는 게 쉽지 않아요.
平常生活中，追求普遍的價值觀沒那麼容易。

3. 직거래 面交 　名詞

중고 물품은 주로 직거래를 해요.
二手物品通常都面交。

4. 세대수 住戶數 　名詞

세대수가 많으면 주거 환경이 조용하기는 좀 힘들지요.
住戶數很多的話，居住環境比較難以安靜。

5. 차이점 差異、區別 　名詞

설득과 설명의 차이점이 뭘까요?
你覺得說服跟說明的區別是什麼？

6. 쓰레기차　垃圾車

名詞

제가 사는 곳에 오는 <u>쓰레기차</u>에서는 늘 ' 엘리제를 위하여 ' 가 울려요 .
我家樓下停的垃圾車播放的音樂是《給愛麗絲》。

---

7. 엘리베이터 (엘베 (口語，考試不能用))　電梯

名詞

프랑스에 여행 갔을 때 , 엘리베이터에 ' 닫힘 ' 버튼이 없는 게 참 신선했어요 .
我去法國旅遊時，發現在電梯裡沒有「關門鍵」，覺得好神奇。

文法

N1 은 / 는 N2, N3(으) 로 나뉘다

N1 分類為 N2,N3

解說

一個大的範圍或領域裡，有幾個小分類的時候，就使用這句型。
N1 要用「大範圍的名詞」，N2、N3 都要用「小分類名詞」。

악기는 크게 관악기 , 현악기 , 타악기 , 건반악기로 나뉩니다 .
樂器大約能分類為管樂器、弦樂器、打擊樂器、鍵盤樂器。

펜은 크게 유성펜 , 중성펜 , 수성펜으로 나뉩니다 .
筆大致能分為油性筆、中性筆、水性筆。

‘고시원’은 왜 그렇게 작아요?

「考試院」為什麼都很小呢？

23

水晶老師說

　　고시원은 원래 사법고시를 비롯한 국가 고시[1]를 준비하는 사람들이 오직 공부에만 전념하기 위해[2] 작은 방에 들어가서 공부하던 공간을 일컫는[3] 말이었습니다. 그런데 집값이 점점 오르고, 월세가 비싸지면서, 보증금을 낼 필요가 없는 고시원이 '대체 주거형태'로 떠오른 것입니다. 고시원은 방음[4]도 좋지 않고, 소방 안전에 취약한[5] 곳이 많습니다. 한국으로 단기 어학연수를 가거나, 일정 기간 거주해야 할 때 고시원을 염두에 두[6]고 있다면, 반드시 직접 가서 시설을 잘 살펴봐야 합니다.

　　考試院本來是指人們為了專心準備司法考試等國家考試，所租的讀書用小房間。但是隨著房價逐年高漲、月租變貴，大家便想到可以改租像這樣不需繳保證金的考試院，取代一般的住屋。有很多考試院的隔音不好，消防安全堪憂，所以如果大家去韓國短期進修語言或是居住一段時間，決定住在考試院的話，一定要親自到現場檢查考試院的狀況。

1. 국가 고시　國家考試　　名詞

예전에는 **국가 고시**에 합격하면 동네에 현수막이 붙었어요 .

以前只有人考上國家考試的話，他住的社區裡就會掛著（慶祝某某某合格、哪裡哪裡之光）布條。

---

2. 전념하다　專心做事　　動詞

일에 **전념하는** 모습은 참 아름다워요 .
專心工作的人真美。

---

3. 일컫다　把 N 稱為～　　動詞

사람을 흔히 이성적 동물이라고 **일컫습니다** .
大家都把人類稱為有理性的動物。

---

4. 방음　隔音　　名詞

방음이 안 좋은 곳에서는 윗집 , 아랫집 서로 조심해야 해요 .
隔音不好的地方，不管是樓上樓下的人都要注意避免產生噪音。

---

5. 취약하다　薄弱、脆弱、軟弱　　形容詞

몇몇 지역은 수해에 **취약합니다** .
有些地區抵禦水災的能力很弱。

6. 염두에 두다 　講究、考慮中 片語

저는 늘 위생을 염두에 두고 부지런히 손을 씻습니다.
我十分講究衛生問題，很認真地洗手。

Q23

「考試院」為什麼都很小呢？

文 法

V/A- 던
以前（常常、幾乎每天）V 的～、以前很 A 的～

解 說

（很遙遠的）過去的事件、行為、或再次想起之前做過的行為，一直反覆持續到（接近現今的）過去的某一個時刻。通常用於回想到以前的美好記憶、美好回憶的時候。例如：這是我小時候每天都在用的橡皮擦。（이건 제가 어릴 때 매일 쓰던 지우개예요.）

오늘 오랜만에 친구들과 자주 오던 식당에 왔어요.
我今天來了以前跟朋友常常來吃飯的餐廳。

고등학교 때 거의 매일 듣던 '김동률'의 노래를 요즘 다시 들어요.
我最近在聽我高中生的時候幾乎每天都在聽的韓國歌手「金東律」的歌曲。

왜 옥상은 다 ' 녹색 ' 인가요 ?

為什麼屋頂都是「綠色」的呢？

24

水晶老師說

　　환경 정책¹ 때문에 그렇습니다. 각종 개발²로 인해 도시에 녹지³가 줄어들면서, 땅과 건물 옥상에서 뿜어내는⁴ 태양 반사열 때문에 여름 날씨가 점점 더 더워지고, 날씨가 더우니 사람들은 에어컨을 더 세게 틀고, 악순환⁵이 계속 됩니다. 줄어드는 녹지를 대신하기 위해⁶ 새로 짓는 건물의 옥상은 녹색 페인트칠을 하거나, 옥상 공원을 만들어야 합니다.

　　這是因為韓國的環境政策。近年來因為各種開發讓綠地減少，土地和建築物屋頂所散發的太陽反射熱讓夏天越來越熱，天氣越熱大家便會把冷氣開得越強，於是導致環境的惡循環。因此為了取代減少的綠地，現在新建的房屋屋頂都會漆成綠色，或建成空中花園。

1. 정책　政策　[名詞]

' 여름철 실내 온도 28도 유지 ' 는 에너지 절약을 위한 정책이에요 .
在韓國「夏天室內溫度要維持 28 度」是節省能源的政策。

---

2. 개발　開發　[名詞]

도시를 개발할 때 가장 놓치기 쉬운 것이 '환경보호'입니다 .
都市開發的時候，最容易忽略的就是「環境保護」。

---

3. 녹지　綠地　[名詞]

도시는 일정한 녹지 비율을 유지해야 해요 . 그래야 공기 질을 유지할 수 있어요 .
都市必須要維持一定的綠地比率，這樣才能維持空氣品質。

---

4. 뿜어내다　噴出、冒 (火)、冒 (汽)　[動詞]

여름에는 태양이 더욱더 열기를 뿜어내네요 . 정말 덥군요 .
夏天太陽更會散發熱氣，真熱駒！

---

5. 악순환　惡性循環　[名詞]

밤에 늦게 자서 낮에 잠이 오니까 낮잠을 자요 . 그러니까 또 밤에 잠이 안 와서 늦게 자요 . 정말 악순환을 멈추려면 낮잠을 자면 안 되겠지요 .
因為我晚上太晚睡，白天很容易犯睏而睡午覺，而這樣晚上又睡不著，又導致晚睡。如果真的想停止這惡性循環，那麼就不該睡午覺吧。

6.N 을 / 를 대신하다   替代、代替、取代

요즘에는 종이 청첩장을 대신해서 이메일 청첩장을 보내는 예비 부부가 많아요 .
最近有很多準夫妻會用電子喜帖取代紙本喜帖。

文法

A- 게

A ～地。把形容詞當副詞用的時候，就需要用這句型。

....

解 說

將形容詞改成副詞。意思為
1. 再 A 一點
   例：에어컨을 세게 틀다 （開冷氣開得再大一點）
2. A 地
   例：예쁘게 （漂漂亮亮地）
3. V 得很 A
   例：즐겁게 놀고 있어요 . （我正玩得很開心。）

저 , 앞머리를 좀 짧게 자르고 싶은데요 .
我瀏海想剪得再短一點。

아주머니 , 제 김치찌개는 맵게 해 주세요 !
阿姨！我的泡菜鍋要辣一點！

전세와 월세는 어떻게 다른가요 ?

전세 (全貰、年租) 跟월세 (月貰、月租)
的差別在哪裡？

전세 ?　　　월세 ?

전세는 일반적으로 계약 기간[1]이 2년으로, 큰 금액의 전세금을 내고 2년 동안 집을 빌려 사는 것을 뜻합니다. 전세금은 이사 나갈 때 원금 그대로[2] 돌려받습니다. 집주인은 그 전세금을 은행에 넣고 이자[3]를 받아 수익을 냅니다[4]. 때문에, 저금리 시대로 접어든[5] 요즘은 전세금이 예전보다 많이 올랐고, '반전세'라는 새로운 개념도 생겼습니다. '반전세'는 전세와 비슷한 큰 금액의 보증금을 내고 소액[6]의 월세를 내는 것을 말합니다. 마지막으로 월세는 일정 금액의 보증금을 내고 매달 월세를 내는 것으로, 두 달치 월세를 보증금으로 내는 대만과는 달리, 적게는 월세의 10배, 많게는 월세의 200배를 보증금으로 냅니다. 때문에 다달이[7] 내는 월세 금액만 놓고 보면, 한국이 대만보다 쌉니다. 집 상태, 제반 조건도 좋고요.

전세（全貰、年租）一般簽 2 年，是指先給房東一大筆全貰金後借住兩年的意思，而全貰金會在房客搬離時全數歸還，租約期間房東則會利用這一大筆的全貰金放在銀行生利息。也因此，進入低利率時代的現今，全貰金和過去相比便漲了許多，也出現了「반전세（半全貰，一半是年租，一半是月租的意思）」這

種新概念。「半全貰」和全貰一樣都是繳一筆高額保

證金，差別是需要付小額的月租。而一般月租則是繳

一定金額的保證金，然後每個月繳房租。不同於臺灣

只需繳 2 個月租金作為押金，韓國的保證金至少是月

租的 10 倍，多的甚至需給到月租的 200 倍。所以有

時候若只看每個月繳納的月租金額，其實韓國比臺灣

還要便宜，房子的屋況和各種條件也不錯。

單字

1. 계약 기간　合約期間　　　　　　　名詞

계약 기간을 넘겼으니 , 집을 어서 빼 주세요 .
你已經超過合約期限，請趕快把房子空出來。

2. 그대로　照原樣　　　　　　　　　副詞

한 번 완성한 작품은 다시 손대지 말고 그대로 두세요 .
已經完成的作品就不要再動它，請照原樣放好。

3. 이자　利息　　　　　　　　　　　名詞

은행 이자가 높지 않아서 은행 저축을 하는 사람이 점점 줄어들고 있어요 .
因銀行利息不高，儲蓄在銀行的人越來越少。

4. 수익을 내다　獲取收益、獲取利潤 片語

사업을 시작할 때는 얼마만큼의 수익을 낼 수 있는지 먼저 계산해야 해요 .
開始做生意的時候，要先算好能夠收取多少利潤。

··

5.N 시대로 접어들다　進入 N 時代 片語

이제 4차 산업 혁명 시대로 접어들었어요 .
現在已經進入了第四次工業革命時代。

··

6. 소액　小額 名詞

한국에서는 보통 소액 결제를 휴대폰으로 해요 .
在韓國，通常用手機來結帳小額。

··

7. 다달이　每個月、按月 副詞

다달이 들어가는 생활비만 해도 월급의 절반인걸요 .
每個月該花的生活費跟開銷已經是我月薪的一半。

N1(이) 라는 N2

所謂 / 叫做 N1 的 N2

解說

要說一個名詞的定義或概念的時候，就使用這句型。並需要「 ‘」跟「 ’」這兩個符號。

‘ 연습생 ’ 이라는 아이돌 스타 양성 시스템

所謂（叫做）「練習生」的培養偶像明星系統

‘ 한국인은 쌍꺼풀이 없을 것이다 ’ 라는 편견

所謂（叫做）「韓國人一定是單眼皮」的偏見

‘ 한국 드라마는 다 로맨스 ’ 라는 선입견

所謂（叫做）「韓劇都是愛情故事」的成見

memo

....

....

....

....

....

....

....

'보일러'가 뭐예요?

「보일러（鍋爐）」是什麼？

대만 사람들이 한국 난방 시스템[1]에 대해 가장 크게 오해하고[2] 있는 것 중에 하나가 바로 ' 히터를 튼다 ' 는 것입니다 . 사실 일반 가정집에서는 ' 히터 ' 를 틀지 않습니다 . ' 보일러 ' 라고 하는 난방 시스템이 보편적입니다 . ' 보일러 ' 는 바닥에 물 또는 열매 (熱媒) 로 채워진[3] 동파이프를 설치하고 , 여기에 가스나 기름으로 열을 공급해서 바닥을 데우는[4] 시스템입니다 . 열선을 깔고 전기로 데우는 형태도 있습니다 . 한국 사람들은 ' 발과 엉덩이가 따뜻해야 몸이 따뜻하다 ' 고 생각하기 때문에 공기를 데우는 것이 아니라 바닥을 데우는 것입니다 . 이는 옛 전통 가옥의 ' 온돌 ' 시스템을 차용한[5] 것입니다 . 화장실에도 이 시공이 되어 있는 집이 많아서 , 보통 가정집 화장실은 겨울에 늘 따뜻하고 보송보송합니다[6] .

臺灣人對韓國暖房系統最大的誤會之一就是「히터를 튼다（開暖氣）」，但事實上在一般家庭裡是不開「히터（暖氣）」的，反而是「보일러（鍋爐）」這種暖房系統比較常見。「보일러（鍋爐）」是指在地板裡設置填滿水或熱媒的銅管後，以瓦斯或油加熱，讓地板變熱的一種系統，也有埋熱線用電來加熱的方式。因為韓國人認為「腳和屁股都暖了，身體才會溫暖」，

所以不會加熱空氣而是加熱地板，這個作法是來自以前傳統房屋的「온돌（溫石、地炕）」。現在有很多家庭也會在廁所鋪設這種設施，所以一般家庭的廁所在冬天也總是溫暖乾爽。

單字

1. 시스템　系統　名詞

시스템을 한 번 만들기가 어려워서 그렇지 , 일단 만들고 나면 나중에 일하기가 훨씬 편해요 .

建構系統的過程雖然很不簡單，但只要建構完成的話，以後做事情就會更方便。

2. 오해하다　誤會　動詞

參 考　오해 誤會　名詞

오해가 계속 쌓이면 편견이 되고 , 편견이 계속 쌓이면 무지가 됩니다 .

誤會一直累積的話，會變成偏見，偏見一直累積的話，則會變成無知。

3.N(으) 로 채워지다　以 N 滿滿的　片語

만화책으로 채워진 책장을 보기만 해도 기분이 좋네요 .

我光是看到充滿漫畫書的書櫃，就很開心。

4. 데우다　加熱　動詞

저는 아침마다 따뜻하게 데운 우유를 마셔요 .

我每天早上都喝加熱過的溫鮮奶。

5. 차용하다　借用　動詞

일본 사람들은 한자를 차용해서 가나 문자를 만들었습니다 .

日本人借用漢字來創造了仮字。

6. 보송보송하다 乾鬆、乾爽 形容詞

봄날의 햇볕에 빨래가 <u>보송보송하게</u> 말랐다 .
春日的太陽將衣服曬得很乾鬆。

文法

V1/A1- 아 / 어 / 해야 V2/A2
先滿足 V1/A1 條件才能 V2/A2

....

解說

為完成一個行為，先要做某個動作或擁有某個樣子的時候，用此句型。內容通常都是正面的。例如像「遵守規律才能拿到權利」這種基本道德、道理或基本秩序的內容居多。

학생증을 가져와야 책을 빌릴 수 있습니다 .
你要先帶學生證來才能借書。

시험을 잘 봐야 원하는 학교에 합격할 수 있습니다 .
你要先將考試考好，才能考上你想上的大學。

따뜻한 물을 많이 마셔야 몸이 건강해집니다 .
你要先多喝溫水，才能變健康。

아무리 맛있는 식당이라도 깨끗해야 자주 가게 됩니다 .
不管是多好吃的餐廳，還是要有乾淨的環境才能常常去吃。

memo

집들이 때 왜 세탁 세제와 휴지를 선물하나요 ?

27

為什麼喬遷宴要送洗衣粉、衛生紙？

한국 사람들은 새집으로 이사 간[1] 친구나 가족을 축복하는[2] 의미로 세탁 세제와 휴지를 많이 선물합니다. 여기서 주의할[3] 점은, 액상형 세탁 세제가 아니라 가루로 된 세탁 세제를, 뽑아 쓰는 티슈형 휴지가 아니라 두루마리 휴지를 선물한다는 것입니다. 한국 사람들은 집들이 때 세탁 세제와 두루마리 휴지를 선물하면서 세제의 거품이 일어나듯[4], 두루마리 휴지가 한 번에 풀리듯 새로 이사 온 집에서 모든 일이 더 풍성하게 잘 풀리기[5] 바라는 마음을 표현합니다. 요즘에는 디퓨저나 수면등, 향초 등을 선물하기도 합니다. 꼭 세탁 세제와 휴지를 선물할 필요는 없답니다.

韓國人通常會送洗衣服的洗劑和衛生紙給搬新家的朋友或家人，以表示祝福。不過要注意，洗衣服的洗劑不是液態的洗衣精，而是粉狀的洗衣粉；衛生紙也不是抽取式面紙，而是捲筒式衛生紙。送這些禮物的意思是，希望對方搬了新家之後，不論遇到什麼事都能如洗衣粉冒出的泡泡般收穫豐富，以及如捲筒衛生紙能一次鬆開一樣輕鬆如意。不過最近也會送擴香瓶、夜燈或薰香蠟燭等，不一定要送洗衣粉和衛生紙。

單字

1. 이사 가다　搬家、搬遷　動詞

얼마 전에 이사 간 친구에게 디퓨저를 선물했어요 .
我送不久前搬家的朋友擴香瓶。

2. 축복하다　祝福　動詞

5월 5일 어린이 날은 이 세상 모든 어린이들을 축복하는 날입니다.
(*한국의 어린이날은 5월 5일이에요)
5 月 5 日兒童節是祝福這世上所有的孩子們的一天。
（* 韓國兒童節是 5 月 5 日）

3. 주의하다　注意、留意　動詞

시작하는 날짜와 끝나는 날짜에 주의해 주세요 .
請幫我留意一下開始日期跟結束日期。

4. 거품이 일어나다　冒泡沫出來　片語

맥주를 잘못 따르면 거품이 너무 많이 일어나요 .
用不對的方式來倒啤酒的話，會冒出太多泡沫。

5. 잘 풀리다　事情都很順利　片語

새로 시작한 사업이 잘 풀려서 기분이 좋아요 .
新開始的生意都很順利，所以我心情很好。

文法 1

N1 이 / 가 아니라 N2 이다

不是 N1，而是 N2

解說

用於先否定一個事實之後，再說正確的內容。那如果要用 V/A 來說的話，用法如下：V-(으)ㄴ/는/(으)ㄹ 게 아니라，A-(으)ㄴ 게 아니라。例如：저는 지금 밥을 먹는 게 아니라 식사를 준비하는 거예요 .（我現在不是在吃飯，而是在準備用餐。）、대만의 여름 날씨는 단순히 더운 게 아니라 고온 다습한 거예요 .（臺灣夏天的天氣不是熱，而是高溫多濕的。）

저는 홍콩 사람이 아니라 대만 사람이에요 .

我不是香港人，而是臺灣人。

이건 빨간색이 아니라 주황색이에요 .

這不是紅色，而是橘色。

이건 그냥 만화책이 아니라 학습 만화책이에요 .

這不是一般的漫畫書，而是學習漫畫書。

V/A-(으) ㄹ 필요는 없다
沒必要一定 V/A、不一定要 V/A

N 일 필요는 없다
沒必要一定是 N

....

解說

不是 100% 需要的，而是要說「如果可以的話，做得到最好」
的時候用此句型。

모든 사람에게 착할 필요는 없어요 .
不一定要對每個人都很友善。

친한 친구와 여행을 간다고 해도 , 꼭 같은 방을 써야 할 필
요는 없어요 .
雖然是跟很熟悉的朋友一起去旅遊，但也不一定要用同一間房
間。

물을 많이 마시면 건강에 좋기는 하지만 , 억지로 마실 필요
는 없어요 .
多喝水對身體的確很好，但也沒必要勉強喝。

memo

한국에서 사다리차를 이용해 이사하는 모습을 본 적이 있는데 , 왜 사다리차로 이사를 해요 ?

28

有看過韓國搬家會用雲梯車，為什麼用雲梯車？

원칙적으로 [1] ' 사람이 이용하는 엘리베이터 ' 로 화물 [2] 을 옮기는 것은 규정 위반입니다 . 하지만 집안 살림 중에 ' 화물 전용 엘리베이터 ' 로 옮길 수 없는 큰 살림도 많으니 , 사다리차로 옮기는 것입니다 . 그리고 이사는 ' 당일날 정해진 시간 안에 가구 배치 [3] 와 대부분의 정리가 다 끝나는 ' 포장이사가 대부분이기 때문에 , 사다리차를 이용하면 빠른 속도로 이사를 끝낼 수 있습니다 . 그리고 대부분의 집은 대만보다 창문이 커요 . 그래서 큰 물건이 들어가기 용이합니다 [4]. 무엇보다 , 주거 지역과 상업 지역이 명확하게 구분되어 있어서 ' 사다리차를 이용하는 동안 행인 [5] 이나 차량의 통행을 방해하는 [6] 건 아닐까 ?' 하는 걱정을 할 필요가 없기 때문에 사다리차를 이용하는 데 부담이 없어요 . 유일한 부담이라면 , 비용…? ㅋㅋㅋ

原則上，使用「人平常搭的電梯」來搬運貨物是違反規定的。不過家具用品中，也有許多無法使用「貨物專用電梯」搬運的大型家具，因此才會使用雲梯車來搬家。還有，大部分的搬家是屬於「在當天決定好的時間內，完成家具配置與大部分屋內整理」的打包搬家，因此使用雲梯車可以快速地搬完家。另外，大

水晶老師說

部分房子的窗戶都比臺灣房子的窗戶還來得大。因此，要把大的物品搬進去比較容易。最重要的是，因為住宅區與商業區劃分明確，所以不用煩惱「在使用雲梯車時，會不會妨礙到行人與交通？」，使用雲梯車時並不會感到有壓力。唯一的壓力，大概是費用……？ㄎㄎㄎ。

單字

1. 원칙적으로　原則上　副詞

원칙적으로는 불가능하지만 , 상황에 따라 변경 가능합니다 .

雖然原則上是不可能的，但可以依照情況來做改變。

2. 화물　貨物　名詞

대만에서는 ' 아이를 낳다 ' 라는 표현을 ' 화물을 내리다 ' 라고도 하는데 , 한국에서는 이 말을 ' 방을 빼다 ' 라고 합니다 .

在臺灣會把「生孩子」比喻成「卸貨」，在韓國則是比喻為「退房」。

3. 배치　配置　名詞

가구 배치에 따라 집안 공간 활용도가 달라집니다 .

依照家具配置的不同，房子的空間活用度也不同。

4. 용이하다 (' 쉽다 ' 의 한자어)　容易（「簡單」的漢字語）　形容詞

성인들에게는 가루약보다 알약이 섭취하기가 용이합니다 .

對於成人來說，藥丸比藥粉更容易攝取。

5. 행인　行人　名詞

자전거는 행인이 아닙니다 . 이륜차입니다 . 인도로 다니지 말고 , 자전거 전용 도로로 다니세요 .

自行車不是行人，是兩輪車。不要在人行道騎自行車，請在自行車專用道上騎乘自行車。

6. 방해하다 　妨礙、打擾、耽誤　　　　　　　　　動詞

방해하지 마 ! 나 지금 집중해야 돼 .
不要妨礙我！我現在必須集中精神。

文法

V-는 건 / A-(으)ㄴ 건 / N 인 건 아닐까 (요)?

不會發生 V/A/N 的事情嗎？、不會～嗎？

....

解說

在反問一個事實或猜測的內容時、在疑惑一件事情時，就要用
此句型。不論是真正的提問，或是比喻上「很驚訝地」提問都
可以使用此句型。

내가 지금 이 가방을 너무 비싸게 사는 건 아닐까 ?
我這個包包不會買得太貴了嗎？

노수정 선생님이 중국어를 진짜 잘 하시네요 ! 혹시 조상 중
에 한 분이 대만 사람인 건 아닐까요 ?
魯水晶老師的中文真的講得很好耶！會不會是祖先中有臺灣
人？

memo

왜 오토바이가 별로 없어요 ?

為什麼幾乎看不到機車？

29

한국의 대도시[1]는 대중 교통수단[2]이 일찍 발달해서[3] 오토바이를 탈 기회가 별로 없었습니다. 또한 한국 사람들은 '오토바이는 몸에 안 좋은 매연이 많이 나오는 교통수단', '오토바이는 너무 위험하다', '교통사고가 나면[4] 크게 다친다' 라는 인식이 강해서 오토바이를 잘 타지 않습니다. 그리고 한국에서 겨울에 오토바이를 타면 너무 춥지 않을까요? 한국은 겨울에 영하로 온도가 떨어지는 일이 아주 흔한데, 영하의 날씨에 오토바이를 타면 얼마나 추울지…… 상상도 하기 싫습니다. 오토바이 타면서 콧물 줄줄 눈물 줄줄 흘릴 게 뻔해요.

因為韓國的大都市大眾交通運輸發展得早，所以沒什麼機會騎機車。而且韓國人有很深的「機車會排放對人體有害的煤煙」、「機車太危險了」、「要是出車禍會受重傷」等觀念，所以不太騎機車。加上韓國要是冬天騎機車未免也太冷了吧？韓國冬天常常都到零下好幾度，在零下的天氣裡騎機車會有多冷……，想都不敢想啊，騎機車一定會鼻水、淚水直流啊。

單字

---

1. 대도시 大都市 名詞

한국의 **대도시**는 서울 , 부산 , 인천 , 대전 , 광주 , 대구 등이 있습니다 .
韓國的大都市為首爾、釜山、仁川、大田、光州、大邱等。

---

2. 교통수단 交通工具 名詞

한국의 대표적인 대중 **교통수단**은 버스 , 지하철 , 택시입니다 .
在韓國最多人在用的交通工具是公車、地鐵、計程車。

---

3. 발달하다 發達、進步 動詞

중국은 알리페이를 비롯한 온라인 QR 코드 결제 시스템이 **발달했어요** .
在中國，以支付寶為首的線上 QR code 結帳系統很發達。

---

4. 교통사고가 나다 發生交通事故 片語

교통사고가 나는 모습을 실제로 본 이후로 , 더욱더 조심조심 운전하게 됐어요 .
我看過實際上交通事故發生的樣子之後，變得更小心開車了。

---

* 뼈가 시리다 簡直冷到骨子裡去了、骨肉痠痛 片語

대만의 겨울은 온도계만 보고 판단하면 안 돼요 . 겨울에 비가 오면 정말 **뼈가 시리게** 추워요 .
臺灣的冬天不能光看溫度計來判斷。冬天下雨真的會冷到骨子裡。

文法

V/A-(으)ㄹ 게 뻔하다
肯定是 V/A

解說

不看也知道、不問也知道會出現什麼樣的結果時，使用此句型。
用於「連問都不用問，連看都不用看」的程度，無須感到疑問。

질 게 뻔한 싸움은 하지 않을 거예요.
肯定會輸的戰鬥，我就不要打。

이번 시험은 준비를 제대로 못했으니 떨어질 게 뻔해.
我這次考試都沒有好好準備，肯定會落榜。

하나를 보면 열을 안다고, 출근 첫날부터 지각하는 걸 보니, 저 사람은 앞으로 무슨 일을 해도 제대로 못 할 게 뻔해요.
人家說窺一斑可知全豹，看他上班第一天都遲到的樣子，他肯定是做什麼事情都做不好的人。

한국 지하철은 음식을 먹어도 되는데도 뭘 먹는 사람이 별로 없네요?

為什麼韓國地鐵沒有禁止飲食，卻很少人在車廂進食呢？

　　사실 지하철에서 음식물을 섭취하는 것이 '법으로 금지되어 있는 것'은 아니지만, 지하철 안 곳곳에 '냄새가 심한 음식물 섭취[1]를 자제해 주세요', '뜨거운 커피나 음료수를 들고 타지 마세요'라는 권고문이 붙어 있습니다. 그리고 일반적으로 영화관이나 공원이 아닌 사람들이 많은 공공장소에서 뭔가[2]를 먹는 행동은 다들 좋게 보지 않아요. 특히 지하철은 '서서' 이동하는 경우가 많은 교통수단인데, 한국 사람들은 옛날부터 '길거리에서 걸어다니면서 음식을 먹는 것'을 예의 없는 행동이라고 생각했습니다. 심한 경우에는 어른들한테 '네가 음식 구걸하는 거지도 아니고, 왜 밖에 돌아다니면서[3] 음식을 먹냐'라는 말을 들을 정도였으니까요. 공공장소에서 타인에게는 불쾌한[4] 냄새로 느껴질 수도 있는 음식을 먹으면 안 된다는 인식이 전반적으로[5] 깔려 있는 데다가, 다들 지하철을 타고 이동하는 거리가 길기 때문에 지하철 안의 냄새나 오염을 더욱더 조심하는 것입니다.

　　雖然針對地鐵內的飲食並沒有「明訂法律規定」，不過在地鐵內有張貼「敬請不要食用味道較重的食物」、「敬請不要拿著熱咖啡或飲料搭乘地鐵」等宣導文宣。另外一般來說，大家認為在電影院或公園以

外的公共場所飲食的話，觀感會不佳。特別是在地鐵這種經常要「站著」的大眾交通工具裡。韓國人從以前就認為「在路上邊走邊吃」是沒有禮貌的行為，甚至到可能會聽到有些大人說「你又不是乞食的乞丐，為什麼要在外面邊走邊吃呢」的程度。除了韓國人普遍認為，在公共場所不應該食用味道較重的食物帶給他人不便外，還有因為韓國人搭乘地鐵的移動距離較長，所以大家對於會影響地鐵內空氣，或其他會導致車廂髒亂的行為就更加地小心。

單字

1. 섭취　攝取　名詞

參考　섭취하다 攝取　動詞

비타민 D 는 햇빛으로만 생성하기에 부족하므로 반드시 비타민 D 영양제를 함께 섭취해야 합니다 .

因為只透過陽光攝取的維他命 D 是不夠的，所以要同時攝取維他命 D 的營養補充品。

2. 뭔가　某事　名詞

參考　누군가 (某人)、어딘가 (某處)、어디에선가 (在某處)

그 사람과 이야기할 때 뭔가 좀 이상하다고 느꼈지만 , 그 당시에는 심각하게 생각하지 않았어요 .

雖然跟那個人說話的時候有覺得哪裡怪怪的，不過當下並沒有多想。

3.(밖에) 돌아다니다　（在外面）閒晃、行走　動詞

비가 너무 많이 와서 밖에 돌아다니기 힘드네요 . 그냥 집에 있어야겠어요 .

因為雨下很大在外面行走很不方便。看來只能待在家裡了。

4. 불쾌하다　不愉快的　形容詞

여행지에서 쇼핑할 때 바가지를 심하게 쓰면 좋던 기분도 불쾌해져요 .

在觀光景點購物花了太多冤枉錢時，原本開心的心情也會變得不愉快。

5. 전반적으로   整體來說

한국 사회는 **전반적으로** 어떤 일을 실패한 사람에게 기회를 많이 주는 분위기는 아니에요 .

整體來說，韓國社會的氣氛並不是會給失敗的人很多機會。

文法

V- 아 / 어 / 해 있다
已經維持 V 的狀態一陣子了

解說

已經做好的樣子或以前已經放好、裝好、設置好的東西，到現在還是維持那時候的樣子時，就使用此句型。

액자가 벽에 걸려 있어요 .

相框在牆壁上掛著。

저 지금 커피숍 앞에 서 있어요 .

我在咖啡廳門口站著。

불 켜져 있어요 . 들어가셔도 돼요 .

房間燈都開著，可以進去。

memo

제 3 장

娛樂・社會

說到韓國的娛樂及社會文化，大家是否容易想到 K-
POP、K-beauty 這些關鍵字？在這個章節，水晶老師
會說明「韓國人也會追 K-POP 嗎？」、「為什麼許多
店家不能試穿衣服？」等 20 個文化！

왜 옷을 입어 보지 못하게 하는 옷 가게가 많나요？

為什麼許多店家不能試穿衣服？

31

브랜드 숍은 모두 입어 볼 수 있지만 , 개인숍은 상황에 따라 다릅니다 . 화장을 진하게 했거나[1] , 옷이 늘어나기 쉬운 재질[2] 이거나 구김이 잘 가는 재질일 경우 , 입어 보지 못하는 경우가 있을 수 있습니다 . 특히 여성분들 대부분은 화장을 한 상태이기 때문에 , 옷에 화장품이 묻을까 봐 못 입어 보게 하는 곳이 있지만 , 대부분의 옷 가게에서는 입어 볼 수 있어요 . 그리고 저가[3] 의 옷을 파는 곳이나 도매를 위주로 하는 곳은 못 입어 보게 할 가능성이 많아요 . 저가의 옷은 몇 번 입어 보면 옷이 상하고[4] , 도매를 위주로 하는 곳은 대부분 입어 보지 않고 대량[5] 으로 사 가는 사람이 많기 때문에 탈의실이 마련되어 있지 않거나 , 옷 한두 벌 팔기 위해 굳이[6] 입어 보게 하는 걸 귀찮게 여기기도 합니다 .

雖然品牌店都可以試穿，但個人經營的店家則會依照情況有所不同。像是化妝化得比較濃、衣服材質是比較容易被撐大的，或是材質比較容易產生皺褶的情況下，可能就無法試穿。特別是女生大部分都有化妝，怕化妝品會沾到衣服，因此有些店可能不提供試穿，但大部分的服飾店都是可以試穿衣服的。另外像是低價出售或是批發為主的地方，不能試穿的可能性

較大。因為低價的衣服試穿幾次之後，衣服會有損壞的情形；而以批發為主的地方，大部分都是沒有試穿就直接大量購買的客人，因此並不會設置試衣間。也有人認為為了賣一、兩件衣服還要讓客人試穿很麻煩。

單字

1. 화장이 진하다 ↔ 화장이 연하다　濃妝 ↔ 淡妝　[片語]

몇 년 전만 해도 ' 진해 보이는 화장 ' 이 인기였다면 , 지금은 ' 최소한의 화장만 하자 ', ' 자외선 차단만 하자 ' 라고 생각하는 사람들이 많아졌어요 .

「妝感比較濃的妝容」在幾年前還很有人氣，不過現在想要「化最簡單的妝容」、「有擦防曬就好」的人們越來越多了。

2. 재질　材質　[名詞]

좋은 재질로 만든 옷이 견고하고 더 오래갑니다 .

好的材質製成的衣服，是堅固而且可以穿得比較久。

3. 저가 ↔ 고가　低價 ↔ 高價　[名詞]

저가 제품과 고가 제품의 차이는 디자인과 내구성인 것 같아요 .

低價產品與高價產品的差別好像是在於設計與耐用性。

4. 상하다　損壞、變質、壞掉　[動詞]

여름에는 음식을 상온에 놔 두면 상하기 쉬워요 .

夏季時如果將食物放在常溫下很容易變質。

5. 대량 ↔ 소량　大量 ↔ 少量　[名詞]

대량 구매 시 할인 혜택이 더 커집니다 .

大量購買時折扣會更多。

6. 굳이 一定、非得、硬要 副 詞

재미없는 드라마를 굳이 추천하는 이유가 뭐예요 ?
非得要推薦這部無聊戲劇的原因是什麼？

文法

A– 히 여기다 / A– 게 여기다 / A– 다고 여기다

認爲很 A、感到很 A、把某人當作很 A 的人

자주 질문하는 학생을 귀찮게 여기는 선생님은 아마 없을
거예요 .
應該沒有老師會覺得常發問的學生很煩。

대수롭지 않게 여기다 .
覺得沒什麼了不起、覺得沒什麼嚴重的。

열등감이 많은 사람은 불쌍히 여기면 돼요 . 감정 소모할 필
요 없어요 .
對於自卑感重的人就當作他可憐就好，沒必要浪費心力。

memo

한국 사람들은 다 그렇게 회식을 1차, 2차, 3차 가는군요?

韓國人聚餐都會續很多攤嗎？

32

　　오해입니다. 한국 사람들이 회식을 한 번 하면 1차(밥, 고기, 술), 2차(술), 3차(노래방)까지 하는 문화는 이제 점점 역사 속으로 사라지고[1] 있습니다. 만약에 이 질문을 5년 전에 받았더라면, 저는 아마 '많이 알려진대로' 한국 사람들이 회식 때 얼마나 술을 많이 마시고, 몇 번에 걸쳐 뭘 하는지 열심히 설명했을 것입니다. 그러나 1990년대생들이 회사에서 활약하는[2] 요즘, 직장 문화도 많이 바뀌었습니다. 더 이상 밤늦게까지 진행되는 '무급여' 회식을 위해 자신의 퇴근 이후 시간을 희생하려는[3] 사람이 없는데다, 전에는 '싫어도 참석해야 하는 분위기'였다면, 요즘은 자율적으로 참석하는 분위기입니다. 회식 위주의 저녁 생활에서 개인 시간 위주의 저녁 생활이 가능해진 것입니다. 요즘은 '워라밸[4]'을 맞추는 것을 중요하게 생각하기 때문입니다. 일부 회사에서도 '셧다운제' 등을 도입하여, 퇴근 시간 이후에는 컴퓨터나 전등을 일률적으로 끄는 제도를 실시하고 있을 정도로, 무리한 회식은 지양하는[5] 쪽으로 직장 문화를 바꾸려는 노력이 이어지고 있습니다.

這是一場誤會。韓國人聚餐時，從第 1 攤（飯、肉、酒）、第 2 攤（酒）到第 3 攤（KTV）的文化已經漸漸走入歷史。如果這個問題是在 5 年前收到的話，我大概會很努力說明就像是「大家知道的那樣」，韓國人們在聚餐的時候喝很多酒，要去幾攤等內容。不過最近職場中較活躍的主要是 1990 年代出生的人們，因此職場文化也有很大的變化。再也沒有人會為了「無薪」又要進行到很晚的公司聚餐，犧牲自己下班後的時間，如果說之前是「討厭也得參加的氛圍」，那麼最近就是可以自由決定是否參加的氛圍，夜生活也從以公司聚餐為主轉變到以個人時間為重。因為最近人們開始認為「工作與生活取得平衡」是一件重要的事情。甚至有些公司也投入「shutdown 制度」等，在下班時間後，實施電腦跟電燈一律關閉的制度，可見社會很努力地在改善總是強迫聚餐的職場文化。

單字

1. 사라지다 消失 `動詞`

시대의 흐름에 뒤처지는 생활 문화는 점차 **사라지고** 있습니다.
跟不上時代變遷的生活文化逐漸在消失。

2. 활약하다 活躍 `動詞`

이번 올림픽에서도 국가 대표 선수들이 큰 **활약**을 보여 주고 있습니다.
這次奧運上，國家代表隊的選手們依然有非常活躍的表現。

3. 희생하다 犧牲 `動詞`

소수가 **희생해서** 얻어진 다수의 행복은 바람직하지 않습니다.
犧牲少數人來獲得多數人的幸福並不是正確的。

4. 워라밸 工作與生活取得平衡（Work and Life Balance） `名詞`

높은 연봉보다 중요한 건 **워라밸**이 있는 삶이에요.
比起高薪，更重要的是工作與生活取得平衡。

5. 지양하다 揚棄、拋棄 `動詞`

요즘 한국 남성들은 가부장적인 모습을 **지양하고** 남성과 여성이 공평하고 평화롭게 공존하기 위한 노력을 많이 하고 있습니다.
最近韓國男性們開始拋棄以父權為主的模樣，正為了讓男性與女性間能公平且和平地共存而努力。

173

N 을 / 를 위주로 하다 , N 을 / 를 위주로 + V

以 N 為主做～

단어보다는 문장 위주로 한국어를 공부하세요 .

比起單字，請以句子為主來學習韓文。

저는 모든 여행 일정을 쇼핑 위주로 짜요 .

我所有的旅遊行程安排都是以購物為主。

입시 위주의 교육은 정작 중요한 기본 가치를 놓치기 쉽다 .

以升學測驗為主的教育，很容易錯過真正重要的核心價值。

memo

問題 33

'찜질방'이 뭐예요?

汗蒸幕是什麼？

33

'사우나'는 공중목욕탕의 느낌이 강했다면, '찜질방'은 복합 목욕 문화 시설에 가깝습니다. 찜질방은 보통 입구에서 입장권을 사고, 안에서 갈아입을 수 있는 찜질복을 받아 신발을 벗어 신발장에 넣은 후 들어갑니다. 안에는 황토방, 얼음방, 소금방 등 여러 종류의 사우나가 있고, 흘린 땀을 씻을 수 있는 공중 목욕탕도 있습니다. 샤워 뿐만 아니라, 몸을 담그는 것도 가능합니다. 목욕탕에서는 세신(때를 미는 것)과 마사지를 할 수 있습니다. 알몸[1]으로 누워서 때를 밀고 마사지를 받는 것이 좀 부끄러울 수도 있지만, 한 번 하고 나면 정말 개운해요[2]. 이외에도 헬스 시설, 안마 의자, 어린이 실내 놀이터 등의 시설도 있습니다. 네일 케어, 부항, 실면도 등도 가능합니다. 또한 기본적인 식사와 음료, 간식을 판매하며, 입장할 때 손목에 차고 들어간 사물함과 신발장을 여닫을 수 있는[3] 센서팔찌를 태그하면[4], 나갈 때 한꺼번에[5] 계산할 수 있습니다. '수면실'이라는 공간에서 잘 수도 있기 때문에, '숙박비'를 아끼려는 여행객들이 이 곳에서 자기도 합니다. 다만, 귀중품[6] 분실에 관해서는 책임지지 않으니, 본인이 알아서 조심해야 합니다.

如果說「桑拿」是公共澡堂的感覺，那麼「汗蒸幕」就比較像是複合澡堂文化設施。汗蒸幕通常是在入口購買入場券，領取在裡面可以替換的汗蒸服，脫下鞋子並放進鞋櫃後即可進入。裡面有黃土房、冰塊房、鹽房等各種桑拿，還有在流滿身汗之後可以淋浴的公眾澡堂，不只可以淋浴還可以泡澡。在澡堂還可以搓澡（搓去身上的汗垢）跟按摩。雖然躺著裸體搓澡與按摩可能會有點不好意思，但只要去做一次之後真的會通體舒暢。除此之外，還有健身設備、按摩椅、兒童遊戲間等設施。也可以做指甲彩繪、拔罐，以及挽面等等。另外也有販售基本的餐點、飲料、零食，只要使用入場時在手腕上戴著的感應手環，不只可以開啟置物櫃跟鞋櫃，還可以用來記帳，在離場歸還感應手環時可以一次結清。另外因為「睡眠室」的空間可以用來睡覺，所以有許多想省「住宿費」的觀光客也會去汗蒸幕。不過，如果貴重物品遺失的話汗蒸幕並不會負責任，因此還是要多加注意小心。

1. 알몸　裸體

名詞

어렸을 때 시골에 계시는 할머니 집에 놀러 가면 **알몸**으로 냇가에 뛰어 들어 친구들과 물놀이를 하곤 했어요 .

小時候去鄉下奶奶家的話，總是會裸體衝進小溪裡，和朋友們一起戲水。

2. 개운하다　舒暢

形容詞

하루 종일 양치질을 못해서 찝찝했었는데 , 시원한 치약으로 양치하고 나니 **개운하네요** .

因為整天都沒刷牙所以覺得很不舒服，不過用沁涼的牙膏刷牙之後變得很舒暢。

3. 여닫다　開關

動詞

문 종류는 **여닫이** 문과 미닫이 문이 있어요 .

門的種類分為開關門與拉門。

4. 태그하다　標記、感應

動詞

버스를 탈 때와 내릴 때 모두 교통카드를 **태그해** 주세요 .

在上公車與下公車時請感應票卡。

5. 한꺼번에　一次全部

副詞

하나하나 들고 오지 말고 , **한꺼번에** 들고 오세요 .

不要分批一個一個拿過來，請一次全部拿過來。

6. 귀중품　貴重物品 名詞

귀중품은 카운터에 보관해 주시기 바랍니다 .
貴重物品請放置於櫃檯保管。

文法

N 에 가깝다 / N 에 근접하다

與 N 很靠近、接近

....

解說

物理上的接近、靠近，或是觀念上的接近、靠近，都可以用此
句型。

하루하루 제 꿈에 가까워지는 것이 행복합니다 .
一天比一天逐漸靠近夢想讓我覺得很幸福。

우리의 부품 생산 기술은 선진국 수준에 근접하고 있습니다 .
我們的零件生產技術越來越接近先進國家的水準。

계속되는 불황으로 실업률이 사상 최고치에 가까워지고 있
습니다 .
因為持續的不景氣導致失業率不斷逼近史上最高紀錄。

memo

왜 미용실에서 머리만 감 으면 안 돼요 ?

為什麼髮廊不能只洗頭？

34

한국 사람인 저는 미용실까지 가서 굳이 '머리만 감고 오는 것' 이 더 이상하게 느껴집니다 . 미용실은 머리를 자르거나 염색 , 파마 , 두피 케어[1] 를 하는 곳이지 , '머리를 감는 곳' 이라는 생각은 잘 안 들거든요[2]. 그리고 '머리에 세팅이 필요할 경우' 미용실에 가기도 하는데 , 이 때도 역시 집에서 머리를 감고 갑니다 . '머리를 감는다' 는 행위는 머리를 자르고 나서 , 혹은 파마나 염색을 하고 나서 마지막에 하는 것이기 때문에 , '머리만 감기 위해 미용실에 특별히 간다' 는 것은 좀 어색합니다 . 하지만 요즘에는 머리만 감을 수도 있습니다 . 미용실에 가서 '샴푸만 하고 싶어요[3]' 라고 말하면 머리만 감을 수 있습니다 . 대만에서처럼 마사지도 받고[4] 시원하게 머리를 감고 싶으면 , '요즘 샴푸할 때 머리가 좀 간지러워서요' , '요즘 두피에 유분이 좀 많은 것 같아요' 라고 증상[5](?) 을 구체적으로 말해야 합니다 . 그렇지 않으면 그냥 집에서 샴푸하듯 엄청 빨리 끝날 거예요 .

　　身為韓國人的我 , 覺得特地跑去髮廊「只為了洗頭」好像比較奇怪。髮廊是剪髮、染髮、燙髮或是保養頭皮的地方 , 我並不會覺得髮廊是「洗頭」的地方。還有如果是「頭髮需要做造型」時 , 的確也會去髮廊 ,

但仍然會在家裡先洗好頭再去。因為「洗頭」的行為是在剪完頭髮或是燙髮、染髮後的最後一個步驟，所以「只為了洗頭而特別跑去髮廊」好像有點奇怪。不過最近也可以只洗頭，只要說「샴푸만 하고 싶어요（我只想用洗髮精洗頭）」就可以了。如果想要像在臺灣一樣有按摩然後舒暢地洗頭，就要具體地描述一些症狀（?），像是「最近洗頭的時候頭很癢」、「最近頭皮出油好像很嚴重」等等，不然其實在家裡洗頭髮還比較快。

單字

1. 케어　保養 (care)　　名詞

네일 케어, 두피 케어 등 관리 해야할 게 정말 많네요.

指甲保養、頭皮保養等等，要管理的東西真的好多。

2. 생각이 잘 안 들다　不太覺得　　片語

특별히 다이어트를 해야 한다는 생각이 잘 안 들어요. 전 지금도 제 건강과 몸에 만족해요.

我不太覺得自己需要特別減肥。我很滿足於我現在的健康跟身材。

3. 샴푸 (를) 하다 = 머리를 감다　用洗髮精＝洗頭髮　　動詞

저는 한국 미용실에서 샴푸만 하고 싶은 경우, 보통 전화로 ‘샴푸만 할 수 있나요’ 라고 물어 보고 가요.

當我在韓國髮廊只想洗頭的時候，通常都會先打電話問「請問可以只洗頭嗎」 之後再去。

4. 마사지를 받다　按摩　　片語

피로가 많이 쌓였을 때는 마사지를 받으면 피로가 좀 풀려요.

累積許多疲勞的時候去按摩，可以抒解一些疲勞。

5. 증상　症狀　　名詞

자신의 증상을 정확히 표현해야 알맞은 처방을 받을 수 있습니다.

要清楚地說明自己的症狀，才能拿到對症下藥的處方籤。

V-듯(이)

「就好像做這個動作一樣、和做這個動作差不多」的意思。通常後面會接動詞或形容詞。

그 팬미팅에 1분이라도 빨리 가고 싶어서 마치 날아가듯이 오토바이를 타고 팬미팅 장소로 갔어요.

因為就算只快 1 分鐘也想趕快到粉絲見面會,所以騎機車前往的速度,快到像是要飛起來一樣。

중국어는 성조가 있어서 마치 노래하듯이 말하는 느낌이에요.

因為中文有聲調,所以說話時就像在唱歌一樣。

길거리에서 어떤 사람이 저를 관찰하듯이 계속 쳐다본 적이 있는데, 그 때 정말 불쾌했어요.

路上一直有人像是在觀察我一樣地偷瞄我,那時候真的覺得非常不開心。

memo

한국 사람도 K-POP 을 좋아하나요 ?

韓國人也會追 K-POP 嗎？

35

　　내 나라 말로 , 내 정서에 가장 딱 맞게 즐길 수 있는 음악이 K-POP 인데 , 안 좋아할 리가 있나요 ! 게다가 여러 나라에서 <u>환영받는</u>[1] 한국 가수들을 엄청 <u>자랑스러워</u>[2] 하면서 K-POP 을 즐깁니다 . 자신이 좋아하는 가수가 해외에서 팬미팅을 하거나 콘서트를 하면 그 나라에 가서 공연을 즐기고 여행도 하는 팬들도 많고요 . 전에는 중고등학생 때 한국 노래를 듣고 ' 나이가 좀 들면 ' <u>북미</u>[3] 지역이나 <u>유럽</u>[4] 음악을 듣는 것이 하나의 유행이었다면 , 지금은 나이에 상관없이 많은 사람들이 K-POP 을 즐깁니다 . 여기에 요즘 예능프로그램과 드라마에서 '1 세대 아이돌 ' 이 재조명되면서 , 어렸을 때 많은 추억을 만들었던 가수들과 , <u>끊임없이</u>[5] <u>쏟아져 나오는</u>[6] K-POP 뮤지션 등 즐길 수 있는 음악이 점점 더 다양해지고 있습니다 . 한국에는 춤 , 노래 , 연기 , 작사 , 작곡 모두 가능한 <u>만능</u>[7] 엔터테이너가 정말 많은 것 같아요 . 뿐만 아니라 k-drama, k-beauty 등 한국 사람들 스스로가 만드는 유행과 흐름이 다른 나라에서도 환영받는다는 것을 신기하고 뿌듯하게 생각하는 사람도 많습니다 .

照我們國家的話來說，最符合我的情緒又能享受其中的音樂非 K-POP 莫屬，怎麼可能不喜歡呢！而且還會一邊對於那些在其他國家也深受歡迎的韓國歌手們感到驕傲，一邊享受著韓國音樂。當喜歡的歌手在海外舉辦粉絲見面會或是演唱會時，也有韓國粉絲會前往欣賞表演，並順便來一趟海外旅行。如果說之前是流行國、高中生聽韓國歌曲、「年紀大一些」的人聽北美或歐洲歌曲的話，那麼現在韓國就是不分年齡，大家都在聽韓國歌曲。隨著近期綜藝節目與電視劇重新回顧「1 世代偶像」，可以欣賞的音樂類型越來越多元，像是小時候曾經創造許多回憶的歌手們以及持續推陳出新的 K-POP 音樂家等等。在韓國可以跳舞、唱歌、演戲、作詞、作曲的全能藝人好像真的很多。除此之外還有 k-drama、k-beauty 等等。對於韓國人自己創造的流行與潮流趨勢在其他國家也受到歡迎這點，也有許多韓國人是感到神奇與欣慰的。

單字

1. 환영받다　受到歡迎　[動詞]

여러 나라에서 한국 대중 문화가 환영받는 것을 기쁘게 생각합니다 .
很開心韓國大眾文化在許多國家中受到歡迎。

---

2. 자랑스럽다（＝자랑스러워하다 值得驕傲 [動詞]）　[形容詞]
值得驕傲的、引以為傲的

[參考] 뿌듯하다 自豪、滿足 [形容詞]

내 나라가 자랑스럽고 가끔은 부끄러운 것 모두 애국심이라고 생각합니다 .
雖然我以我的國家為傲，不過偶爾仍有感到不好意思的部分，但我認為這些
都是愛國心的一種。

---

3. 북미　北美洲　[名詞]

북미 지역 박스오피스에서 좋은 성적을 거둔 한국 영화가 몇 편 있습니다 .
在北美地區票房中，有幾部獲得不錯成績的韓國電影。

---

4. 유럽　歐洲　[名詞]

많은 대학생들이 대학교 방학을 이용해서 유럽 여행을 갑니다 .
許多大學生會利用學校放假的期間去歐洲旅行。

---

5. 끊임없이　持續不斷地　[副詞]

외국어 공부는 해도 해도 끝이 없어요 . 끊임없이 공부해야 해요 .
學習外國語言不管怎麼讀都讀不完，必須持續不斷地讀書才行。

---

6. 쏟아져 나오다 推陳出新 片 語

매일매일 예쁘고 기능성까지 좋은 물건들이 **쏟아져 나와서** 충동 구매 욕구를 억누르기가 힘들어요 .

每天都有各種又美又具功能性的產品推陳出新，要忍住衝動購物的欲望越來越困難了。

---

7. 만능 萬能、全能 名 詞

날이 갈수록 **만능** 엔터테이너들의 나이가 점점 더 어려지고 있습니다 . 어린 나이에 모든 능력을 갖춰야 한다는 게 스트레스가 되지 않았으면 해요 .

隨著時代改變，全能藝人們的年齡層逐漸下降。希望對於他們來說，在這麼小的年紀就要具備所有能力，不要成為一種壓力。

文法

V/A- 고 생각하다 , N(이) 라고 생각하다 , A- 게 생각하다

我覺得…、我認為…（通常用於正面的意思）

이렇게 만나 뵙게 되어 기쁘게 생각합니다 .

我覺得很開心能夠遇見你。

매일매일 평안하게 잘 보낼 수 있는 것에 늘 감사하게 생각해요 .

我覺得每天能平安地度過應該要心懷感激。

수학은 항상 어렵다고 생각해요 .

我總覺得數學是很難的。

좋은 선생님은 열심히 잘 가르치고 , 늘 학생들 입장에서 생각하는 선생님이라고 생각해요 .

我認為好的老師會努力地教導學生，並總是站在學生的立場思考。

왜 초면에 나이를 묻나요 ?

為什麼會在初次見面就問年齡呢？

한국어는 존댓말[1] 과 반말[2], 격식체와 비격식체 , 그리고 약간의 겸양어도 있는 언어입니다 . 이를 제대로 쓰기 위해서는 본인과 상대방의 관계 , 나이 차이 , 사회적 지위 등 여러 가지를 고려해야 합니다[3]. 처음 만났을 때는 상대방에 대해 아는 정보[4] 가 없기 때문에 가장 쉽게 얻을 수 있는 정보인 ' 나이 ' 로 내가 존댓말을 어느 정도 써야 할지 , 격식체와 비격식체를 어느 정도 써야 할지를 결정합니다 . 나이가 많지 않은 분께 너무 과도한 존댓말을 쓰면 그것도 실례[5] 가 되고 , 어려 보이는 외모만 보고 말을 살짝 편하게 했다가[6] 나중에 나이를 알게 되면 서로 얼굴을 붉히는[7] 경우도 많기 때문입니다 .

韓語中有敬語和半語、格式體和非格式體，以及一些謙讓語（壓低自己以抬高對方的詞語）。為了正確使用這些語言規則，必須得考量自己和對方的關係、年紀差異、社會地位等各種因素。當和初次見面的對象見面時，因為對對方沒有任何了解，所以最能輕易獲得的資訊就是「年紀」。根據對方的年紀，可以決定該說什麼程度的敬語或格式體、非格式體等。因為要是對方明明年紀沒有大自己很多，卻過度使用敬語會造成失禮；或只看對方年紀好像很小，就放心地說半語或不正式的語體，日後要是知道了彼此的年紀，反而會造成難堪的局面。

單字

1. 존댓말   敬語   名詞

어른께는 **존댓말**로 말해야 해요 .
跟長輩講話時必須要用敬語。

---

2. 반말   平語（半語）   名詞

아무리 웃어른이라도 처음 보는 젊은 사람에게 대뜸 **반말**부터 하시는 모습은 보기
좋지 않아요 .
雖然是一位長輩，但跟第一次見到的年輕人就馬上用平語說話的樣子，實在
不得體。

---

3. 고려하다   考慮、考量   動詞

저는 이상보다는 현실을 **고려해서** 계획을 세우는 편이에요 .
我在訂定計劃時，比起理想，會考慮更多現實層面。

---

4. 정보   資訊   名詞

개인 **정보** 유출을 막기 위해 여러 보안 프로그램이 필요합니다 .
為了阻擋個人資訊外流，需要許多種防毒軟體。

---

5. 실례   失禮、沒禮貌   名詞

식사 자리에서 큰 소리로 트림을 하는 것은 **실례**예요 .
在用餐的場合中，大聲打嗝是很失禮的行為。

---

6. 말을 편하게 하다 　説話不要那麼客套、客氣 　　片 語

선배님, 말씀 편하게 하세요.
學長，請你說話不要用敬語跟格式體（＝請直接說半語）。

---

7. 얼굴을 붉히다 　漲紅臉 　　片 語

나한테 뭐 숨기는 거 있어? 나쁜 짓을 하다가 들킨 사람처럼 얼굴이 붉어지네?
你有瞞著我什麼事嗎？好像是被發現在做壞事的人一樣，都漲紅臉了呢？

文 法

A- 아 / 어 / 해 보이다
看起來很 A

解 說

在述說你的判斷、推理、猜測的時候，就使用這句型。其中，你判斷、推理、猜測的根據就是你的「視覺」跟「直覺」。

난 자신 없어 보이기 싫어서 더욱더 당당하게 행동해.
我不想看起來很沒自信，所以更要堂堂正正地做事。

국이 많이 뜨거워 보이는데 좀 식혔다가 드세요.
你的湯看起來非常燙，先放涼一下再喝吧。

요즘 한국 날씨는 어때요? 사진만 보면 엄청 추워 보여요.
最近韓國天氣怎麼樣？相片看起來超冷。

한국에서는 나이를 어떻게 계산하나요?

韓國年紀是怎麼算的呢？

37

한국에는 나이 계산법이 총 3가지가 있어요 . 첫째는 ' 세는 나이 ', 보통 ' 한국 나이 ' 라고 부릅니다 . 태어난 [1] 해를 1년으로 쳐서 , 올해 연도에서 자신이 태어난 연도를 뺀 [2] 후 1을 더하는 [3] 나이입니다 . 두 번째는 전세계 [4] 에서 통용되는 [5] ' 만 나이 ' 입니다 . 간단하게 , 생일이 지나면 한 살 더 먹는 [6] 셈법입니다 . 마지막으로는 ' 연 나이 ' 가 있습니다 . 올해 연도에서 자신이 태어난 연도를 뺀 숫자를 나이로 쓰는 겁니다 . 생일이 지났든 안 지났든 연도 수만 빼면 됩니다 . 그래서 저는 대만에 있는 게 행복해요 . 한 살에서 두 살까지 어려질 수 있으니까요 . ㅋㅋㅋ

韓國一共有 3 種計算年紀的方式。第一種是「세는 나이（虛歲）」，一般叫做「한국 나이（韓國年紀）」，就是把出生的那一年當做 1 歲來計算，把今年度減掉出生年度再加 1。第二種是全世界通用的「만 나이（足歲）」，簡單來說就是過了生日就加 1 歲的算法。最後一種方法則是「연 나이（年歲）」，把今年度減掉出生年度所算出來的年紀，不管是否過了生日，只看年度相減的數字。所以我覺得待在臺灣很幸福，因為可以年輕個一、兩歲ㄎㄎㄎ。

單字

1. 태어나다　出生　　　　　　　　　　　　　　　　動詞

저는 겨울에 태어나서 그런가 겨울을 제일 좋아해요 .
可能我是冬天出生的關係，我最喜歡冬天。

---

2. 빼다　除去、減（減法）　　　　　　　　　　　　動詞

參考　빼기 < 名詞 >

여기요 ! 참치 김밥 두 줄 주세요 . 햄은 빼고 말아 주세요 .
阿姨！我要兩條鮪魚海苔飯捲。麻煩你幫我把火腿去掉。

---

3. 더하다　加（加法）　　　　　　　　　　　　　　動詞

參考　더하기 < 名詞 >

1 더하기 1 은 귀요미 , 2 더하기 2 는 귀요미
一加一等於小可愛，二加二等於小可愛

---

4. 전세계　全世界　　　　　　　　　　　　　　　　名詞

전세계적으로 플라스틱을 무분별하게 사용한 결과 미세 플라스틱 문제가 심각해
졌습니다 .
由於全世界人都在濫用塑膠，導致微塑料問題越來越嚴重。

---

5. 통용되다　通用　　　　　　　　　　　　　　　　動詞

현재 많은 나라에서 통용되는 공용어는 영어입니다 .
現在很多國家都通用的語言就是英語。

---

6. 한 살 먹다 (= 나이를 먹다)   多一歲

한국에서는 설날에 떡국 한 그릇을 먹어야 한 살 먹는 거라고 말해요 .
在韓國大家都說，過年時要吃一碗年糕湯才能多一歲。

文法

V/A-(으) 면 되다 , N(이) 면 되다

1) V/A/N 就好、就對了、就夠了、即可
2) 只要 V/A/N 了

解 說

表示「滿足一個條件就夠了」的意思。例如：저 지금 배가 너
무 고파요 . 뭐든 배부르게 먹을 수 있으면 돼요 . 맛이 있든지 없
든지 상관 없어요 .（我現在很餓，所以有東西能夠吃飽就好，
不管好不好吃。）

휴가를 어디로 가든 상관 없어요 . 쉴 수만 있으면 돼요 .
度假去哪裡度都沒關係，能夠休息就好。

행복이 뭐 별 건가요 ? 따뜻한 커피 한 잔이면 돼요 .
幸福這兩個字有什麼特別？一杯熱咖啡就夠了。

저는 좋은 휴대폰 필요 없어요 . 전화 통화랑 카카오톡만 쓸
수 있으면 돼요 .
我不需要很好的手機，能夠講電話跟用 kakaotalk 就好。

한국 여자들은 정말 쌍꺼풀 수술을 다 했나요 ?

38

韓國女生真的都做過雙眼皮手術嗎 ?

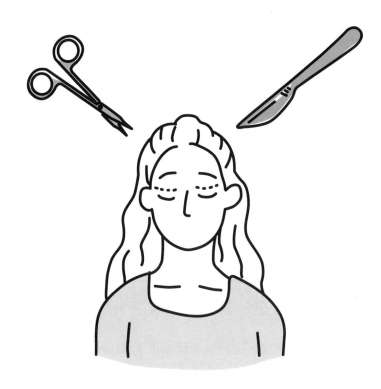

아니요 . 모든 한국 여자들이 다 하지는 않았습니다 . 다만 , 쌍꺼풀[1] 수술을 한 사람이 적지는 않습니다 . 대만에 잘못 알려진 사실 중에 하나가 한국 부모님들은 고등학교 졸업하면 성형 수술 시켜주기 위해 저축을 한다[2], 고등학교 졸업하자마자[3] 성형 수술을 한다는 거예요 . 그런 사람이 없지는 않으나 , ' 모두 다 ' 고등학교 졸업하고 나서 변신하는[4] 건 아닙니다 . 그렇지만 , 아직까지 한국 사회는 남자보다는 여자의 외모에 이것저것 요구하는 게 많기는 합니다 .

不是的，並非所有的韓國女人都會割雙眼皮，就只是做過雙眼皮手術的人不算少。臺灣常被誤導的實情之一，就是所有韓國父母存錢的目的，就是為了讓孩子高中一畢業就能整形。雖然不能說沒有這樣的人，但並非「所有」人高中畢業後就變身。但至今韓國社會對女人外表的各種要求，還是比男人多就是了。

單字

1. 쌍꺼풀　雙眼皮 名詞

쌍꺼풀 수술을 하면 , 얼굴이 부어요 .
做雙眼皮手術的話，臉蛋會水腫。

＊홑꺼풀 (무쌍)　單眼皮（무쌍 為口語、網路用語） 名詞

홑꺼풀에 어울리는 화장이 따로 있어요 .
適合單眼皮的化妝法又是另外一種。

2. 저축을 하다　儲蓄 動詞

월급의 40% 를 저축하는 게 목표예요 .
我的目標是儲蓄我月薪的四成。

3. 졸업하다　畢業 動詞

작년에 대학교를 졸업했어요 .
我去年大學畢業了。

4. 변신하다　變身、翻身、因特別打扮而變化很大 動詞

오늘은 파티가 있어서 특별히 변신해 봤어요 .
因為今天有派對，所以有特別認真打扮。

文法

V/A- 기는 하다
V/A 是 V/A、的確是 V/A、確實是 V/A

V/A- 지는 않다 , V- 는 것 / A-(으) ㄴ 것 / N 은 / 는 아니다
不一定是 V/A、也不能說 V/A/N

解說

先承認對方的意見或某個事實之後,還是想要追加自己意見或建議的時候,就使用此句型。

이 가방이요 ? 예쁘기는 한데 , 좀 비싸요 .
你說這個包包嗎?漂亮是漂亮,但有點貴。

배고프지는 않은데 , 그래도 지금 안 먹으면 이따가 배고프겠지요 ?
也不能說我肚子很餓,但現在不吃的話,等一下應該會餓吧?

한국 사람이 말하는 '미'의 기준이 뭔가요?

韓國人對「美」的標準是什麼？

　　불행히도 한국 사람의 '미의 기준'은 '매스컴에 맞춰져 있어요[2]. 그래서 '얼굴이 작다', '머리가 작다'라는 말도 한국에서는 '외모를 칭찬하는 말'입니다. '얼굴이 작아서 티비에 잘 나오겠다', '머리가 작아서 화면에 예쁘고 멋지게 나온다'라는 말이 함축된[3] 표현이기 때문이에요. 그리고 '아름다운 여성'을 표현하는 말로 '여신이 강림하다'라는 말을 많이 쓰는데, 이는 일반 사람들과 다른 외모를 가지고 있다는 뜻으로, 농담처럼 '인간계'의 사람이 아니라 '신계'에 있는 사람 같다고 말하기도 합니다. 요즘에는 여신이 어찌나 많은지, 한국에 신전만 100개가 넘을 것 같아요. ><

　　很不幸地，韓國人的「美的標準」操控在「매스컴（大眾媒體）」手中。像「臉蛋小」、「頭很小」這些話在韓國都是「稱讚美貌的話」，把這些話拆開來說就是「臉蛋小在電視上才好看」、「頭小在畫面上看起來才漂亮、才帥」的意思。另外，要形容「漂亮的女性」時，也很常使用「여신이 강림하다（女神降臨）」一詞，表示擁有和一般人不同的外貌，像是有點開玩笑地說，因為外貌已經不是「人界」，而是到了「神界」的地步。最近韓國的女神實在很多，光是神殿好像就超過100多個了 ><。

1. 매스컴　　媒體

名詞

한 식당이 **매스컴**을 타면 바로 손님이 많아져요 .

一間餐廳只要上媒體的話，客人馬上就會變多。

2.N 에 맞추다　　以～為標準、以～為調整

片語

미의 기준을 ' 다른 사람들의 눈에 맞출 필요 없어요 .

美的標準是不需要迎合「別人的眼光」。

3. 함축되다　　含蓄的、包含的

動詞

함축된 뜻

包含的意思

文法

V/A- 기 때문이다

為的是 V/A

N-(이) 기 때문이다

為的是 N

解說

這是說「原因、理由」的時候用的句型。也有「因為 V/A/N ～ 的關係」的意思。

그 영화는 관객수가 많지 않았어요 . 재미없기 때문이에요 .

那部電影的票房不高，因為不有趣。

저는 라면을 먹을 때 꼭 김치가 필요해요 . 한국 사람이기 때문이에요 .

我吃泡麵的時候一定要有泡菜，因為我是韓國人。

도대체 왜 많은 한국 사람들이 양말을 신고 샌들이나 슬리퍼를 신나요?

為什麼許多韓國人會穿了襪子，又穿拖鞋或涼鞋？

40

기본적으로 슬리퍼나 샌들에는 양말을 신지 않는다는 것을 모두가 알고 있습니다 . 하지만 길거리에서 양말을 신은 채 슬리퍼를 신고 있는 사람을 심심찮게 [1] 볼 수 있는 것도 사실이에요 . 보통 양말을 신고 슬리퍼를 신은 사람은 그 슬리퍼를 ' 진짜로 ' 신은 게 아닙니다 . 학교나 회사에 운동화 또는 구두를 신고 가서 , 하루 종일 구두와 운동화를 신고 있으면 불편하고 피곤하기 때문에 잠시 슬리퍼로 갈아 신는 사람이 많은데 , 그 상태 그대로 학교나 회사 건물 밖으로 나오기 때문에 여러분에게 목격되는 [2] 것입니다 . 대만에서는 구두를 신을 때 ' 맨발 ' 로 신는 사람이 많지만 , 한국에서는 직장인이 구두를 신을 때는 기본적으로 ' 스타킹 ' 을 신습니다 . 그래서 슬리퍼로 갈아신으면 [3] , 스타킹에 슬리퍼를 신은 상태가 되는 것입니다 . 또 다른 이유는 중년 이상의 어른들 같은 경우 , ' 맨발 ' 을 내보이는 것이 좀 부끄럽다고 생각하는 분들도 있어요 . 그리고 오픈토 구두 같은 경우에는 발가락이 구두에 눌려서 까지거나 [4] 물집이 잡히는 [5] 경우도 있어서 발을 보호하기 위해 양말이나 얇은 스타킹을 신는 분들도 간혹 있습니다 .

　　基本上大家都知道穿著拖鞋或涼鞋時是不穿襪子的。不過在路上，的確也可以看到許多人穿著襪子又穿拖鞋。通常穿著襪子又穿拖鞋的人並不是「真的」穿拖鞋，是因為穿著運動鞋或皮鞋去學校、公司後，如果整天都穿著運動鞋或皮鞋的話會感到不舒服，因此有許多人會暫時換成拖鞋，只是以穿著拖鞋的樣子離開學校、公司的模樣剛好被各位看到。雖然在臺灣直接「光腳」穿高跟鞋的人很多，但韓國的上班族穿高跟鞋的時候，基本上都會穿「絲襪」。所以如果換穿拖鞋的話，就會變成穿著絲襪穿拖鞋的模樣。還有其他的理由像是中年以上的成年人，也有人會因為露出「光腳」而感到不好意思。另外像是穿魚口鞋時，腳趾有可能因為會被鞋子擠壓摩擦而起水泡，所以偶爾也有人是為了保護腳不起水泡，才會穿襪子或是薄絲襪。

單字

1. 심심찮게   經常、頻繁   `副 詞`

대만 길거리에서 한국 노래가 **심심찮게** 들려 옵니다 .
臺灣的街上經常可以聽到韓國歌曲。

2. 목격하다   目擊、看到   `動 詞`

`參 考` 목격되다 被…目擊、被…看到

사내 연애를 하는 커플을 **목격한** 사람들이 점점 많아지고 있습니다 .
越來越多人看到在談辦公室戀情的情侶。

3. 갈아신다   換穿   `動 詞`

밖에서 실내로 들어갈 때는 보통 슬리퍼로 **갈아신습니다** .
從室外進到室內時通常都會換穿拖鞋。

4. 까지다   磨破   `動 詞`

새 신발을 신으면 발뒤꿈치가 **까져서** 며칠 동안 반창고를 붙이고 있어야 해요 .
因為穿新鞋而磨破腳後跟，所以得貼上 OK 繃好幾天。

5. 물집이 잡히다   起水泡   `片 語`

물집 잡혔을 때 함부로 물집을 터뜨리면 상처가 덧나요 .
起水泡時，如果隨便把水泡戳破的話傷口會發炎。

V-는 것이다 / A-(으)ㄴ 것이다 / N인 것이다

是 V/A/N 的

解說

主要用來寫論文或固定形式的句子，是為了強調「定義」、「釋義」、「我要說的是」的情況下所使用的表現。

여기서 제가 큰 소리로 비명을 지르면 저는 미친 사람이 되는 것입니다 .
我如果在這裡大聲哀嚎的話，別人就會把我當成瘋子。

이 가방은 제 기준에는 엄청 비싼 것입니다 .
這包包對我來說是非常昂貴的。

어떤 사람이 일을 처리할 때 정확도보다 속도를 더 중요시한다면 그 사람의 몸에는 한국인의 DNA 가 있는 것입니다 .
如果某一個人在處理事情時，比起正確性更注重速度的話，那他的體內一定有韓國人的 DNA。

memo

....

....

....

....

....

....

....

왜 한국 드라마 인물들은 중요한 일이나 긴장된 일을 앞두고 '청심환' 을 먹나요? '청심환' 이 뭐예요?

41

為什麼韓劇中人物遇到重大事件或緊張時要吃清心丸？那是什麼？

청심환은 마, 인삼, 감초 등 여러 약초와 우황, 사향 등 동물성 약재를 섞어 만든 약입니다. 보통 동그란 모양의 고체형 청심환과 병에 담긴 액체형 청심환이 있습니다. 이 약의 효능은 <u>글자 그대로[1]</u> '청심' 입니다. 심장에 쌓인 뜨거운 기운을 식혀서 맑고 깨끗하게 만드는 것입니다. 원래는 <u>열이 많은[2]</u> 사람이 중풍에 <u>걸렸을 때[3]</u> <u>처방하던[4]</u> 약이었는데, 요즘은 순간적으로 화가 나거나 긴장이 될 때 긴장 완화용으로 먹습니다. 하지만 이는 잘못된 용법으로, 심리적 안정과 <u>위로를 받을 수는 있겠지만[5]</u>, 긴장 완화에 효능이 있는 것은 아닙니다. 이러한 사실이 조금씩 <u>알려지면서[6]</u>, 청심환을 생산하는 제약 회사도 점차 <u>줄어들고 있습니다[7]</u>.

清心丸是混合了山藥、人參、甘草等各種藥草和牛黃、麝香等動物性藥材所製成的藥。一般分成圓球狀的固體清心丸和瓶裝的液態清心丸，這種藥的功效正如其名，就是「清心」，讓積在心臟的鬱熱冷卻，變得清澈乾淨。這原本是為了體質燥熱的人中風時所開的藥，最近則被用來緩和突如其來的怒火，或舒緩緊張時的情緒。不過這其實是錯誤的用法，雖然這種藥可以達到心理上的安定和撫慰，但是並不能緩解緊張。現在大眾已經漸漸知道這點，所以生產清心丸的製藥公司也越來越少了。

1. 글자 그대로 顧名思義、照字面來看 片語

글자 그대로 번역하는 것을 '직역', 의미를 해석해서 번역하는 것을 '의역' 이라고 합니다.
照字面上翻譯就是「直譯」，解釋意思之後再翻譯的就是「意譯」。

2. 열이 많다 燥熱體質、體內火氣很大 片語

몸에 열이 많은 사람일수록 뜨거운 성질의 음식을 먹으면 안 돼요.
體內火氣很大的人，更不能吃燥熱的飲食。

3. 중풍에 걸리다 中風 片語

參考 중풍 中風 名詞

중풍은 초동 응급처치를 얼마나 빨리 하느냐에 따라 회복 가능성이 달라져요.
中風恢復的可能性，取決於一開始的急救處理得有多快。

4. 처방하다 開處方 動詞

약을 처방할 때 스테로이드 성분이 있는지 꼭 고지해 주세요.
開處方藥品的時候，必須要告知是否含有類固醇。

5. 위로를 받다 得到慰問、被安慰 動詞

저는 마음이 답답할 때, 종종 좋은 음악으로 위로 받아요.
我心裡鬱悶的時候，常常被好聽的音樂療癒。

6. 알려지다 出名

노수정 선생님이 엄격하다고 **알려졌지만** 사실 꼭 그렇지는 않아요 .

魯水晶老師是出了名的嚴格，但其實也沒那麼嚴重啊。

7. 줄어들다 減少

動詞

책을 읽는 사람들이 점점 **줄어들고 있어요** .

閱讀書籍的人越來越少。

V/A-(으) ㄹ수록

越 V/A ～越 V/A ～（強調用法：V/A-(으) 면 V/A-(으) ㄹ수록）

解 說

同一個行為重複做了一段時間後，就有怎麼樣的變化時，需要用這句型。表示「一個行為做著做著，就逐漸變成某個樣子」的意思。

한국어는 공부할수록 재미있어요 .

韓文越學越有趣。

마사지를 받을 때는 세게 누를수록 시원해요 .

按摩的時候按得越大力越舒服。

쫄면은 매우면 매울수록 맛있어요 .

辣 Q 拌麵越辣越好吃。

memo

....

....

....

....

....

....

....

왜 한국 사람들은 양반다리 하고 앉는 것을 좋아해요 ?

為什麼韓國人喜歡盤腿坐在地板呢？

42

한국 사람들이 우스갯소리[1]로 하는 말이 있습니다. 거실에 멀쩡한[2] 소파를 놔두고, 소파에 앉지 않고 굳이 그 소파 앞 바닥에 앉는 건 한국인 DNA 라고요. 한국은 옛날부터 '방바닥[3]', '구들장[4]' 문화, '좌식[5] 문화' 였기 때문에, 아직도 그 생활 습관이 남아 있습니다. 그리고 보일러가 있기 때문에, 겨울에는 바닥에 앉는 게 훨씬 따뜻해요. 왜 꼭 양반다리[6]를 하고 바닥에 앉냐고 물으신다면, 저는 이렇게 대답합니다. '무릎 꿇고[7] 앉을 수는 없잖아요.' 사실 양반다리는 척추 건강에 아주 안 좋은 자세라고 해요. 알고는 있지만 저도 바닥에 앉는 걸 좋아해서 참 큰일입니다.

講一個韓國人常開的玩笑：「放著客廳好好的沙發不坐，偏要坐在沙發前面，就是韓國人的 DNA」。因為韓國從以前就是「방바닥（房間地板）」、「구들장（地炕）」文化、「좌식（坐式）」文化，至今這些仍保存在韓國人的生活文化中。而且因為韓國有鍋爐，冬天坐地板的話很溫暖。如果有人問「왜 꼭 양반다리를 하고 바닥에 앉냐（為什麼一定要盤腿坐在地上）」，我一定會這樣回答：「總不能跪著坐吧？」。聽說「양반다리（盤腿）」對脊椎很不好，雖然我也知道，但還是喜歡坐在地板上啊，真糟糕。

單字

1. 우스갯소리　玩笑話　　　　　　　　　　　名詞

우스갯소리로 한 말이 다른 사람에게 상처를 줄 수도 있어요 .
你的一句玩笑話也可能會讓對方很傷心。

2. 멀쩡하다　完好、健全、好好的　　　　　　形容詞

멀쩡한 물건을 왜 버려 ? 다용도실에 넣어 놔 .
好好的東西為什麼要丟？要放到儲藏室去。

3. 방바닥　房間地板　　　　　　　　　　　名詞

방바닥 청소를 하루만 쉬어도 먼지가 쌓여요 .
若一天休息不掃地的話，灰塵就會累積一堆。

4. 구들장　韓國傳統炕板、地炕　　　　　　名詞

겨울에 구들장에 몸을 녹이면 천국이 따로 없어요 .
冬天的時候躺在炕板上，身體就會暖暖的，這就是天堂。

5. 좌식　坐式　　　　　　　　　　　　　　名詞

좌식 문화는 사실 허리와 관절 건강에 아주 안 좋아요 .
坐式文化其實對腰部跟關節的健康非常不好。

6. 양반다리　盤腿　名詞

저는 양반다리를 하면 다리가 저려요 .

我如果盤腿坐著的話，腿馬上就麻掉了。

7. 무릎 (을) 꿇다　跪下、下跪　動詞

(영화 대사 중) 제가 무릎을 꿇겠습니다 . 용서해 주십시오 .

（電影台詞）我向你下跪，拜託請原諒我。

V/A- 냐고 묻다 / 하다 , N(이) 냐고 묻다 / 하다
要這樣問、別人這樣問（間接說法）

解 說

把我想要問一個人的內容說給另外一個人聽時，中文直接說
「我想問他～」即可。而當我要敘述別人問我什麼內容的時候，
中文可直接說「某某人問我說～」。不過韓文則要用此句型，
需注意！

동아리 회장한테 다음 주 무슨 요일에 모이냐고 물어봐야
해요 .
我得問社團社長是下禮拜幾集合。

명절 때 친척들이 모이면 꼭 결혼은 언제 할 거냐 , 아이는
언제 낳을 거냐 물어보는 통에 피곤해 죽겠어요 .
過節日的時候很多親戚一直問何時要結婚、何時要生小孩等
等，讓人真累。

memo

왜 아침에만 유독 여성들 머리카락이 젖어 있는 모습을 볼 수 있는 거죠?

為什麼早上會看到有些女生頭髮是濕的呢？

43

水晶老師說

정답 [1] 은 다음과 같습니다 [2].

1. 아침에 머리를 감음 [3].

2. 출근길에 빨리 버스나 지하철을 타야 하기 때문에 따로 머리를 말릴 [4] 시간이 없음 .

3. 사실 머리를 드라이기로 말리는 습관도 별로 없기 때문 .

4. 드라이기로 머리를 말리면 머릿결이 상한다고 생각함 .

5. 건조한 날씨와 긴 출근 시간 탓 [5] 에 출근하다 보면 어느새 말라 있으니까 .

6. 자연스럽게 마른 머리가 스타일링하기 [6] 편함 .

正確解答如下：

1. 因為大家都早上洗頭。

2. 上班的時候大家都要趕著上公車或捷運，沒有時間能夠特別吹頭髮。

3. 其實韓國人也沒有特別用吹風機來吹頭髮的習慣。

4. 覺得用吹風機吹乾頭髮會傷髮質。

5. 因為天氣乾燥和通勤時間長，在路上頭髮不知不覺也就乾了。

6. 自然乾的頭髮也比較好做造型。

1. 정답　正確的答案　名詞

인생사 정답이 있나요 . 사람마다 다 자기 기준대로 사는 거지요 .
人生哪有正確的答案？每個人都用自己的標準來活下去咩。

2. 다음과 같다　（內容）如下　片語

자세한 내용은 다음과 같습니다 .
詳細內容如下。

3. 머리를 감다　洗頭　片語

대만에서는 머리를 감고 반드시 드라이기로 머리를 말려야 해요 .
在臺灣洗完頭之後，頭髮一定要用吹風機來吹乾。

4. 말리다　晾乾、烘乾、曬乾　動詞

몇 년전부터 식품건조기가 유행이라서 집에서 과일이나 채소를 말려서 먹어요 .
幾年前乾果機很流行，我們家都在家裡做蔬果乾來吃。

5. 탓　怪罪、歸咎　名詞

잘 되면 내 덕 , 안 되면 남 탓
好的歸功自己，不好的歸咎別人

6. 스타일링하다 　做型、做造型　　　

같은 사람인데 스타일링한 거에 따라 정말 달라 보이는 경우가 많아요 .

明明是同一個人，但隨著造型的不同，看起來就是不同的人。

文法

V/A-(으) ㅁ

......

解說

把動詞跟形容詞當名詞用的時候，需要用此句型。

動名詞本來有兩個種類，一個是 V- 기，另外一個是 V- 는 것。
但是這兩個句型只能配合陳述型句型。例如：제 취미는 음악 듣
기입니다 .（我的嗜好是聽音樂。）、저는 음악 듣는 것을 좋아
해요 .（我喜歡聽音樂。），而且這個句型只有動詞能用。但
V/A-(으) ㅁ 是形容詞也可以用，能把形容詞當名詞使用。要
簡單留 memo（便條）的時候，通常可以用此句型。

수정 씨에게 .

오늘 오후 4 시에 친구 지수 씨에게서 전화가 왔음 . 약속 시
간을 변경했음 . 변경된 약속 시간은 다음주 토요일 오후 1
시임 . – 유경 -

Dear 水晶小姐
今天下午 4 點朋友志受小姐打電話來了。她變更了約定時間。
變更後的時間為下禮拜六下午 1 點。 一有景 留

주민등록증에 한자가 있
는 것 같던데, 한국 사람
도 한자를 쓰나요?

韓國人身分證上好像有漢字，韓國人
懂漢字嗎？

한국 사람의 성 (姓) 은 100% 한자로 되어 있고 , 이름의 97% 는 한자가 있습니다 . 나머지 3% 는 외래어 또는 순 한글 이름입니다 . 모든 한국 사람이 ' 한자 ' 에 다 익숙한 것은 아닙니다 . 정부의 ' 한자 교육 ' 및 ' 한문 교육 ' 에 대한 지침이 세대별 , 연도별로 달랐기 때문에 , 나이대에 따라 학교에서 받은 한자 교육의 정도가 다릅니다 . 그리고 가정 환경[1] 에 따라 한자에 익숙한 경우도 있고 , 자기 한자 이름도 못 쓰는 경우도 있습니다 . 한국 사람이 한국에서 쓰는 한자는 ' 정체자 ' 이며 , 지정된 몇몇 글자는 ' 약식 ' 으로 쓸 수 있지만 일본식 약자[2] 와 중국식 간체자[3] 는 인정하지 않습니다 . ' 인정하지 않는다 ' 는 말의 뜻은 한국에서 현재 시행되고[4] 있는 ' 한자능력시험 ' 이나 주요[5] 공문서[6] 등에 사용할 수 없다는 것입니다 . ' 한자능력시험 ' 은 대학생들이 취업 준비를 할 때 갖추는 ' 스펙[7] ' 중에 하나이기도 합니다 . 한국어의 많은 어휘가 ' 한자어 ' 로 이루어진 만큼 , 한자에 대한 이해가 높으면 한국어도 좀 더 수준 있게 구사할 수 있기 때문입니다 .

　　韓國人的姓氏 100% 是漢字，而名字則是 97% 為漢字，剩餘的 3% 為外來語或是純韓文的名字。並不是所有的韓國人都很熟悉「漢字」。因為政府對於「漢字教育」與「漢文教育」的方針隨著世代、年度都不同，所以不同的年齡層所受的漢字教育程度也不同。還有隨著不同的家庭環境，有人熟悉漢字，但也有連自己漢字姓名都不會寫的人。在韓國，韓國人所寫的漢字為「正體字」，雖然特定的幾個字可以寫成「略式」，不過並不承認日本的略字與中國的簡體字。「不承認」的意思是，無法使用於韓國目前實施的「漢字能力檢定」或主要公文等等。「漢字能力檢定」也是大學生們在準備就業時，必須具備的「文憑」之一，因為韓文有許多字彙是以「漢字語」組成，所以如果對漢字的理解程度高，就能表達出水準較高的韓文。

單字

1. 가정 환경　家庭環境

名詞

가정 환경에 관계 없이 공정하고 공평한 교육을 받을 수 있는 나라가 좋은 나라 아닐까요？

無論家庭環境如何，都能公正且公平地接受教育的國家，難道不是好的國家嗎？

2. 약자（略字）　略字

名詞

한국에서도 사용하는 한자 약자로는 ‘ 国 ’ , ‘ 仮 ’ , ‘ 旧 ’ 등이 있습니다 .

在韓國也使用的漢字，寫成略字為「国」、「仮」、「旧」等。

3. 간체자　簡體字

名詞

한국 사람이 중국어를 배울 때 간체자로 배우는 것은 맞지만 , 한국 사람이 한국에서 간체자를 사용하지는 않아요 .

雖然韓國人在學中文的時候是學簡體字，不過在韓國，韓國人是不使用簡體字的。

4. 시행되다　施行、實施

動詞

한국에서 현재 시행되고 있는 한자 인증 시험은 ‘ 전국한자능력검정시험 ’ , ‘ 한자급수자격검정 ’ , ‘ 한자자격검정 ’ 총 3가지입니다 .

在韓國，現在實施的漢字證照考試共有「全國漢字能力檢定考試」、「漢字等級資格檢定」、「漢字資格檢定」3 種。

5. 주요　主要

名詞

매일매일 주요 경제 뉴스를 보는 것이 시류를 읽는 데 도움이 됩니다 .

每天看主要的經濟新聞可以幫助掌握時代潮流。

6. 공문서 公文 名詞

공문서 위조 변조죄는 10년 이하의 징역에 처해지게 됩니다.

公文的偽造文書罪，須處 10 年以下徒刑。

7. 스펙 文憑 名詞

대학교를 졸업하기 전에 최대한 많은 스펙을 쌓아야 취업에 유리해요.

在大學畢業之前要盡量累積文憑才有助於就業。

文法

N 에 따라

隨著 N

상황에 따라 대처가 달라집니다 .
隨著不同的情況，對應的方式也不同。

시대의 흐름에 따라 세대별 가치관도 변해요 .
隨著時代變遷，世代的價值觀也會改變。

옷차림에 따라 기분이 달라져요 .
隨著衣服穿著不同，心情也會跟著不同。

〜〜〜〜〜〜〜〜〜〜〜〜〜〜

수능 시험 날은 출근 시간이 1시간 늦춰져요?

原來「수능（學測）」當天會延後一小時上班？

45

　　'수능'의 원래 명칭[1]은 '수학능력시험' 입니다. 대학을 가기 위한 국가고시인 이 시험은 1년에 단 하루동안 이루어집니다. 수능 전형[2]으로 대학교를 지원하는[3] 학생들은 1차시험, 2차시험 없이 이 단 하루에 원하는 대학교에 지원할 수 있느냐 없느냐가 결정되는 것입니다. 그렇기 때문에, 이 시험을 위해 경찰을 비롯한 많은 기관의 협조가 요구되고, 회사들도 자율적으로 출근시간을 평소보다 1시간 늦춰[4] 학생들이 길이 막혀 고사장에 못 가는 일을 미연에 방지하기도 합니다. 때문에 이 날에는 고사장을 잘못 찾거나, 길이 너무 막혀서 제시간에 고사장에 도착하지 못할 것 같은 학생들을 위해 경찰이 오토바이로 학생을 고사장까지 데려다 주는 장면도 심심치 않게 목격할 수 있습니다. 또한 국어 듣기 평가 시간과 영어 듣기 평가 시간에는 듣기 평가에 방해가 되지 않도록 최대한[5] 비행기가 뜨고[6] 내리지 않도록 조치합니다. 그리고 이 시험이 끝나면 백화점을 비롯한 식당, 가게들은 수험생들을 위한 할인 행사를 합니다. 수능 시험 수험표를 소지한 사람에 한해 할인 혜택을 더 크게 주거나, 증정품을 증정하는 등, 그동안 고생한 수험생들을 격려하는[7] 분위기입니다.

　　「學測（修能）」的原本名稱為「學科能力測驗（修學能力試驗）」，是為了進入大學的國家考試測驗，1 年僅舉行 1 天。依學測的標準，申請大學的學生沒有第 1 次或第 2 次考試，只用這一天來決定是否可以進入大學。因此為了讓考試順利進行，以警察為首的許多機關都被要求協助，而公司行號則是主動延後 1 個小時上班，避免考生因塞車而晚到考場。所以也時常可以看到警察騎機車，載著那些跑錯考場或因為塞車無法準時抵達的考生前往考場的畫面。另外，為了不妨礙國文與英文聽力測驗，更是盡可能地減少飛機的起降。還有在考試結束後，以百貨公司為首的餐廳、店家等會推出考生優惠活動。像是持有學力測驗准考證可以獲得更多的折扣或贈品等等，來獎勵這些日子以來辛苦的考生。

單字

1. 명칭 名稱 名詞

한국어 글자의 **명칭**은 '한글' 입니다 .

韓文字的名稱為「한글」。

2. 전형 銓選、招考 名詞

한국의 대학입시제도는 크게 '학생부종합**전형**' 과 '수학능력시험' 으로 나뉩니다 .

韓國的大學入學制度大致分為「學生綜合能力審核」與「學科能力測驗」。

3. 지원하다 申請、志願 動詞

여러 회사에 **지원해서** 각 회사에 맞는 자기소개서를 쓰는 것도 보통 일이 아니네요 .

申請多家公司並且撰寫符合各公司的自我介紹也不是件簡單的事。

4. 늦추다 延遲 動詞

차가 막혀서 약속시간을 좀 **늦춰야** 할 것 같아요 .

因為塞車的關係，看來要延後約定時間了。

5. 최대한 盡可能地 副詞

최대한 노력해 보고 , 결과는 하늘에 맡기겠습니다 .

盡可能地努力嘗試，結果就交由上天決定。

6. 비행기 (가) 뜨다 ↔ 내리다   飛機起飛 ↔ 降落 | 片 語 |

비행기가 뜨고 내리는 지역의 집값은 조금 싼 편이에요 . 비행기 소음이 만만치 않으니까요 .

飛機起降地區的房價比較便宜，因為飛機噪音之大可不是開玩笑的。

....

7. 격려하다   激勵、鼓勵 | 動 詞 |

시험 공부 때문에 고생하는 학생들을 격려하기 위해 선생님이 피자를 사 주셨어요 .

為了激勵辛苦準備考試的考生，老師買了披薩請學生吃。

文法

N 을 / 를 비롯한 , N 을 / 를 비롯해 (서)

以 N 為首 / 主的

解說

除了主要的一個原因或因素以外，還有很多東西要寫出來、講出來，並先把「第一個東西」拿出來舉例時，就使用此句型。

비닐 봉투를 비롯한 플라스틱 제품의 사용을 줄여야 합니다 .

要盡量減少使用以塑膠袋為主的塑膠類製品。

한국 여행객을 비롯해 아시아 여러 국가의 여행객들이 점점 더 많이 대만을 찾고 있습니다 .

以韓國觀光客為首，來臺灣的亞洲各國觀光客們越來越多。

問題 46

한국에도 대만과 같은 의료 보험 제도가 있나요 ?

韓國是否跟臺灣一樣有「健保制度」？

46

　　제가 대만에서 만나는 많은 대만분들이 '의료 보험 [1]'을 말할 때마다 온몸으로 [2] 엄청난 자부심을 뿜어내며 '한국에도 이렇게 좋은 거 있나요?'라고 묻습니다. 한국에서는 1963년에 이미 의료 보험 체계가 생겼고, 주로 군인, 공무원, 대기업 근로자들에게 적용되던 것이 1980년에 전국적으로 모든 사람이 의료 보험 혜택을 보게 [3] 되었기 때문에, 저는 의료 보험이 있는 환경에서 나고 자랐어요 [4]. 그래서 한국 사람들은 '대만의 의료 시설과 의료 보험 혜택이 얼마나 좋은 줄 아세요?' 하고 자랑하는 말을 들어도 큰 감흥이 없습니다 [5]. 여러분이 한국 드라마에서 보는 대학 병원 병동의 깨끗하고 멋진 모습은 세트가 아니라 실제 병원이고, 의료 시설 및 연구 논문 수준도 아주 높은 편입니다. 동네에 있는 내과에서 간단한 질병 치료를 받으면, 의료 보험 적용 [6] 후 금액이 약 2000원에서 2500원 정도이고, 처방전을 받아 약국에 가서 약을 받으면 3일치 기준으로 1500원에서 2000원 정도를 냅니다. 총액으로 치면 3500원에서 4500원 정도이니 오히려 대만보다 더 싼 편입니다.

　　我在臺灣遇過很多臺灣人只要提到「健保」，就覺得非常驕傲，並且問我「韓國也有這麼好的東西嗎？」。韓國醫療保險制度建立於 1963 年，主要適用於軍人、公務人員、大企業勞工，直到 1980 年才擴及到全國人民，所以我是在有保險的環境下長大的。所以韓國人聽到「你知道臺灣的醫療設施和健保有多好嗎？」時，也並不覺得有什麼。各位在韓劇裡看到的大學醫院病房並不是為了拍戲而搭的景，而是真正的醫院，醫療設施和研究論文水準都很高。如果在自己住的那一區的內科診所接受簡單的疾病治療，健保給付後，大概只要韓幣 2000 元～ 2500 元。若是領了處方箋到藥局領藥，以 3 天份為基準，大概也只要韓幣 1500 元～ 2000 元左右。總額大概在韓幣 3500 元～4500 元，反而是比臺灣便宜的。

單字

1. 의료 보험　國民健康保險

`名詞`

한국의 의료 보험은 연봉을 포함한 집 , 자가용 등의 전재산을 합산해서 일정 금액을 보험료로 냅니다 .

韓國的健保是從包含年薪的總財產（房子、車子）來計算，並繳納一定金額的保費。

2. 온몸으로　全身、滿身

`名詞`

결승골을 넣은 축구 선수가 온몸으로 기쁨을 표현합니다 .

踢進決勝球的足球選手用全身表達喜悅。

3. 혜택을 보다　獲得實惠、得到好處

`片語`

이번 정책 실시로 , 적지 않은 사람들이 혜택을 보게 될 전망입니다 .

預計會有不少人因此次政策得到實惠。

4. P 에서 나고 자라다　在 P 地土生土長的
　　＊ P 為「場地名詞」的意思

`片語`

저는 대만에서 나고 자란 대만 사람이에요 .

我是在臺灣土生土長的臺灣人。

5. 감흥이 없다　沒有興趣、沒有樂趣、沒有興致（無趣、乏味）

`片語`

너무 피곤해서 아무리 맛있는 걸 먹어도 감흥이 없어요 .

因為太累了，所以不管吃什麼好吃的都沒味道。

6. 적용 適用

參考 적용하다 動詞

상황에 따라 다른 잣대를 ~~적용하는~~ 사람이 융통성 있는 사람입니다.
根據情況調整分寸的人才是有彈性的人。

文法

[現在] V- 나요? / A-(으) ㄴ가요? / N 인가요?
[過去] V/A- 았 / 었 / 했나요? / N 이었 / 였나요?

有 V 嗎？、有（這樣）A 嗎？、是這 N 嗎？

....

解說

很親近的關係，或想要表達我跟對方很熟悉的關係時，可以很
輕鬆使用的語助詞。

저, 휴지 하나만 사면 되는데, 지금 가게 문 닫으시나요?

欸… 不好意思，我買一個衛生紙就好，請問你現在要關門了
嗎？

우리가 만난 적이 있었나요? 왜 이렇게 낯이 익지요?

我們有沒有見過面？怎麼這麼面熟？

memo

한국 사람들은 정말 마스크 쓰는 걸 싫어하나요？

韓國人真的會比較不喜歡戴口罩嗎？

水晶老師說

미세먼지[1] 문제가 이렇게까지 심각해지기 전에는 한국에서 마스크를 쓴다는[2] 건 '이미 환자' 라는 뜻이었어요. 보통 마스크를 쓴 사람은 환자복[3]을 입고 있는 사람이거나 (입원[4] 중인데 잠깐 외출나온 것), 연예인이었지요. 그런데 요[5] 몇 년간 중국발 미세먼지 문제가 심각해지면서, 일회용 마스크를 구입해서 쓰는 사람들이 많아졌고, 마스크를 쓰기 시작한 지 얼마 안 됐기 때문에, 대만에 비하면 마스크 종류가 많지 않은 편입니다. 가격도 비싸고요. 한국에서 이제 마스크는 쓰기 좋아하고 싫어하는 취향의 문제가 아니라, 건강을 지키기[6] 위해서 반드시 써야 하는 물건이 되었어요.

在霧霾問題變得這麼嚴重以前，在韓國戴口罩就等於「已經是病人」的意思。因為通常戴口罩的人都是穿著病人衣服的人（住院中暫時外出），或是藝人。可是最近幾年，因中國而產生的霧霾問題日趨嚴重，開始有很多人會買拋棄式口罩來戴。因為韓國人養成戴口罩的習慣還不久，所以口罩的種類比臺灣少，價格也比較貴。不過現在已經不是喜不喜歡戴口罩的問題，而是為了健康一定得戴口罩了。

單字

1. 미세먼지　霧霾、Pm2.5、懸浮微粒　　名 詞

미세먼지가 심한 날에는 외출을 삼가야 해요 .
在霧霾很嚴重的日子時，盡量不要出門。

---

2. 마스크를 쓰다　戴口罩　　片 語

화장하고 나서 마스크를 쓰면 얼굴에 자국이 남아요 .
上妝之後戴口罩的話，臉上就會有口罩痕跡。

---

3. 환자복　病號服、病人的衣服　　名 詞

환자복을 입으면 정말 많이 아픈 사람처럼 느껴져요 .
穿病人服時，我就會覺得我生了很嚴重的病。

---

4. 입원하다　住院　　動 詞

입원해서 정밀 검사를 받아 보는 게 좋겠어요 .
住院之後再進行精密檢查比較好。

---

5. 요　近、這、不遠（也有 ' 이 ' 的可愛版本用法）　　指示代名詞

요 며칠간 계속 비가 와서 날씨가 너무 습하네요 .
這幾天不斷地下雨，天氣也太潮濕了。

6. 건강을 지키다　保持健康　

건강을 지키기 위해서는 충분한 수면 시간이 필요해요.
為了保持健康，必須把握足夠的睡眠時間。

V1- 아 / 어 / 해 (서) V2
做 V2 ＋ V1（做 V2 動作之前先做的動作是 V1）

解說

用於做一個行為前，先要完成一個動作的時候，前後兩個動詞是連續動的。例如：커피를 타서 마시다（泡咖啡喝）、배달 시켜 (서) 먹다（叫外送吃）、선물을 포장해 (서) 친구에게 주다（包裝禮物送給朋友）等。

대만은 옛날부터 도시락을 사서 먹는 문화였어요.
臺灣從很久以前開始就有買便當吃的文化。

배고픈데 라면 끓여 먹자.
肚子很餓，我們煮泡麵吃吧。

작동이 안 되는데 ? 건전지를 사서 끼워야겠어요.
這都不會動欸？要買電池裝上去。

한국의 자살률이 정말 높은가요 ?

韓國自殺率真的很高嗎 ?

48

2017년 통계에 따르면[1] 한국인 10만 명당 자살자 수는 24.3
명이라고 합니다. 2011년 33.3명에 비하면 점차 줄어들고 있는
추세이긴 하지만, 여전히 대만보다 높은 자살률은 부정할 수 없
네요. 사회 생활에서 받는 스트레스가 심해서 그런지, 경쟁이 심
해서 그런지, 한국의 자살률이 유독[2] 높다는 것이 일반적인 인식
이고 추측[3] 이지만, 사실은 '노인 빈곤율'이 높은 관계로 고령
인구[4] 자살률이 높은 것이 가장 큰 원인입니다. 옛날부터 '교육'
을 중요시했던 한국 사람들이 자식들의 교육에 본인 노후 자금[5]
까지 다 털어 넣었고, 노인 복지에 대한 본격적인 위기의식을 가
지기 시작한 게 얼마 되지 않아 노인 빈곤 문제가 심각해요. 그리
고 여성보다는 남성의 자살 사망 건수가 좀 더 높습니다. 또한 얼
마 전까지만 해도 자살 관련 뉴스가 여과 없이 보도되었지만, 현
재는 자살 관련 뉴스 보도 지침이 만들어지면서, 자살 사망 사건
이 있더라도 크게 보도하지 않습니다.

　　根據 2017 年統計，韓國每 10 萬人就有 24.3 位
自殺人口，雖然相較 2011 年的 33.3 位有逐漸減少的
趨勢，但不可否認的是韓國的自殺率仍然比臺灣高。
一般認為韓國的自殺率特別高，可能是因為在社會上

受到偌大的壓力，或競爭激烈而導致，但事實上最大的原因是「老人貧困率」高，造成高齡人口的自殺率高。從以前開始韓國人就很重視「教育」，所以甚至會將自己的退休金都投注在子女的教育上。由於韓國最近才開始對老人福祉產生危機意識，所以老人貧困問題還是很嚴重。而且男性自殺死亡的案例略高於女性。加上前陣子新聞不假修飾地報導自殺相關新聞，於是現在也有了自殺相關新聞報導的規範，現在已經不會再大肆報導關於自殺死亡的案件了。

單字

1. 통계에 따르면　根據統計

片語

통계에 따르면, 한국의 대학생들이 가장 선호하는 직업은 ' 공무원 ' 과 ' 대기업 사원 ' 이다 .

根據統計，韓國大學生最喜歡的工作是「公務員」跟「大企業員工」。

2. 유독　特別地、惟有、唯獨

副詞

올해 겨울은 유독 더 추웠어요 .

今年冬天特別地更冷。

3. 추측　推測

名詞

저는 무리한 추측보다는 확실한 근거를 더 신뢰합니다 .

我比較信任確定的根據，不信任無厘頭的猜測。

4. 고령 인구　高齡人口

名詞

고령 인구 비율이 점점 더 높아지는 사회를 ' 고령화 사회 ' 라고 합니다 .

高齡人口數越來越多是指這社會已經步入了「高齡化社會」。

5. 노후 자금　養老金

名詞

노후 자금 마련을 위해 젊었을 때부터 적금에 들어야 해요 .

為了準備養老金，從年輕的時候就要開始定存。

V-(느) ㄴ다고 하다 / A- 다고 하다 / N(이) 라고 하다

聽說~、據說~、人家說~（間接說法）

解說

把從別人聽到的消息或訊息、在媒體上看到的消息或訊息，要轉達給另外一個人說的時候，就使用這句型。

배우 김재욱 씨가 내일 대만에 온다고 해요 .
聽說韓國演員金材昱明天要來臺灣。

그 소문은 사실이 아니라고 해요 .
聽說那則傳言並不是事實。

채소는 시장보다는 마트에서 사는 게 더 싸다고 해요 .
人家說，在大賣場買蔬菜比在傳統市場買還便宜。

memo

49

드라마에서 보면 , 장례식 때 다같이 모여서 밥을 먹는 것 같던데요 . 한국의 장례식 문화는 어떤가요 ?

韓劇裡演的喪禮，最後大家好像都會在吃飯？韓國的喪禮文化是如何呢？

　　한국에서의 '장례식'은 종교와 신앙에 상관없이 무조건 3일 또는 5일동안 치릅니다. 대부분 3일장입니다. '장례 절차'는 다음과 같습니다. 빈소 마련 – 문상객 맞이 – 고인이 돌아가신지 3일째 되는 날 발인 – 화장(화장한 후 납골당으로 이동) 또는 매장 – 귀가. 그리고 불교식 장례의 경우 7일째와 49일째에 제사를 지냅니다. 보통 장례식장은 대학 병원이나 중소규모 종합 병원에 마련되며, 문상을 갈 때[1]는 조의금을 내야 합니다. 종교에 따라 향을 피우거나[2] 국화꽃을 영정 사진 앞에 놓고, 상주와 가족들에게 인사 또는 맞절을 합니다. 그리고 상주와 가족들을 위로하기[3] 위해 옆에 마련된 자리에서 상을 당한[4] 가족들은 조문객을 위한 간단한 식사를 대접합니다. 주로 육개장, 떡, 부침개, 코다리 무침, 땅콩, 마른 오징어 등 술과 함께 먹을 수 있는 음식과 안주를 대접합니다. 상주는 조문을 와 주신 분들께 감사한 마음을 표현하고, 상주와 가족들은 조문객과 대화를 나누면서 차려진 음식을 한두 숟가락 먹으며 기운을 좀 차릴 수 있습니다. 그리고 남성 조문객들은 삼삼오오 모여 앉아 밤새도록 술을 마시고 화투를 치면서 빈소[5]가 침묵에 잠기지 않도록 시끌시끌한 분위기를 만들어 주기도 합니다. 상주가 가족을 잃은 슬픔에 너무 빠지지 않도록 함께 밤을 지새주는 것입니다.

在韓國無關宗教與信仰，喪禮一定都是進行 3 天或 5 天，大部分 3 天居多。「喪禮順序」如下：準備靈堂－迎接弔喪者－故人離開第 3 天後出殯－火化（火化後前往納骨塔）或直接土葬－遺族返家。另外佛教式喪禮則會進行頭七與滿七的祭祀。通常在大型醫院或中小規模的綜合醫院都設有殯儀館，前往弔喪時要給奠儀金（白包）。依照宗教的不同，會分為上香或是在遺照旁擺放菊花，然後弔喪者需要向喪主與其家人打招呼或行禮。而為了安慰喪主與其家人，會在旁邊設置用餐的地方，喪家會準備一些簡單的食物招待前來弔唁的客人。食物主要是辣牛肉湯、年糕、煎餅、涼拌明太魚、花生、魷魚絲等，一些可以與酒一起食用的餐點或下酒菜。喪主會向前來的弔喪者表達感謝之意，而喪主與其家人在與弔喪者聊天、吃一兩口食物的同時，多少能打起一點精神。另外男性弔喪者會三三兩兩地聚集在一起通宵喝酒、打花牌，讓靈堂不至於死氣沉沉。也是為了不要讓喪主過度陷入失去親人的哀痛之中，因此一起通宵到早上。

＊삼가 고인의 명복을 빕니다 . (관용구)

為故人的安息祈願。（慣用句，算是節哀順變的意思）

부의금 봉투에 보통 '삼가 고인의 명복을 빕니다' 라고 씁니다 .
奠儀的信封袋通常會寫著「為故人的安息祈願」。

---

1. 문상을 가다　前往弔唁　片語

문상을 갈 때는 보통 검정색 옷을 입습니다 .
前往弔唁時通常會穿黑色的衣服。

---

2. 향을 피우다 (= 향을 태우다)　點香 (＝燒香)　片語

최근 환경 보호 때문에 다들 향을 피우는 것을 좀 자제하자는 분위기예요 .
最近因為環保意識抬頭，大家漸漸傾向盡量不點香的風氣。

---

3. 위로하다　安慰　動詞

참 고　위로 安慰　名詞

함께 있어 주는 것만으로도 큰 위로가 돼요 .
就算只是待在一起也是很大的安慰。

---

4. 상을 당하다　逢喪　片語

회사 동료가 갑자기 결근했는데 , 알고 보니 상을 당한 거였어요 .
公司同事突然缺勤，一問之下才知道對方遭逢喪事了。

5. 빈소 _{靈堂}　　　　　　　　　　　　名詞

빈소가 아직 정해지지 않아서 부고문을 돌리지 못했어요 .

因為還沒決定好靈堂所以無法發送訃聞。

文法

V/A- 기도 하다 , N(이) 기도 하다

也有 V/A 這個樣子、也算是這 N、也可說是 V/A/N

....

解說

用於先描述某個動作、感情、感覺,再描述其他內容時。

한국에서 장례식은 슬픔의 장소이기도 하지만 , 오랜만에 그 동안 못 만났던 사람들이 만나서 이야기를 나누는 자리이기 도 합니다 .

雖然在韓國,喪禮是一個傷心的場合,不過也算是與許久不見 的朋友一起聊天的地方。

한국어 공부는 어렵지만 재미있기도 합니다 .

雖然學韓文很難,不過也很有趣。

한국에서 가장 보편적인 장례 형식은 ' 매장 ' 이었으나 , 요 즘은 ' 화장 ' 도 많아졌고 , ' 수목장 ' 을 하기도 합니다 .

過去在韓國最普遍的喪禮形式為「土葬」,不過最近「火葬」 變多,也有人進行「樹葬」。

韓劇裡演的喪禮，最後大家好像都會在吃飯？韓國的喪禮文化是如何呢？

memo

왜 모든 일을 다 빨리 빨리 해야 해요 ?

50

為什麼做事很講求快速 ?

한국전쟁 이후 , 나라에 아무것도 남지 않은 상황에서 , 한국 사람에게 가장 필요한 것은 ' 어서 빨리 배불리 밥을 먹을 수 있게 되는 것 ' 이었습니다 . 전쟁으로 폐허 [1] 가 된 땅에 처음부터 하나씩 세우고 만들어 나가야 하는 상황에서 , 여유롭게 [2] 느릿느릿 [3] 움직일 수 없었겠지요 . 건물과 도로도 빨리 세워야 했고 , 사회 및 경제 체계도 빨리 세워야 했고 , 당장 내일 먹을 쌀을 빨리 마련해야 했기 [4] 때문에 , 한국인들은 스스로 ' 빠른 시간내에 , 효율적으로 , 말하지 않아도 알아서 움직이는 DNA' 가 기본적으로 장착되어 있다고 말합니다 . 제가 비행기를 탈 때마다 감탄하는 것이 , 한국인 승객이 많이 탑승한 비행기는 일을 처리하는 [5] 속도가 정말 빠르다는 것입니다 . 승무원이 식사를 준비하기 시작하면 한국인 승객은 일단 [6] 좌석 앞 테이블을 폅니다 . 그리고 본인 자리보다 훨씬 앞자리에 앉은 승객이 어떤 음식을 말하는지 귀담아 들었다가 [7] 마음속으로 뭘 달라고 할지 미리 생각해 놓습니다 . 음료수도 미리 생각해 놨기 때문에 승무원이 물어보면 고민하지 않고 바로바로 대답합니다 . 그리고 많은 외국 사람들이 오해하는 것 중에 하나가 한국 사람들이 ' 빨리빨리 ' 라는 말을 많이 한다는 것인데 , 사실 한국 사람들은 ' 빨리빨리 ' 라는 말을 별로 하지 않아요 . ' 빨리 하세요 ' , ' 이거 빨리 좀 처리해 주세요 ' 라고 말이 나오기 전에 이미 다 처리해 버리기 마련이거든요 . XD

　　韓國戰爭後，在國家失去一切的情況下，對於韓國人來說，最重要的就是「要快點能夠讓三餐溫飽」。必須在因為戰爭而淪為廢墟的土地上，從零開始重新建立所有一切的情況下，並沒有閒情逸致慢慢地動工。因為必須盡快建設建築與道路、社會與經濟系統、必須快點準備下一餐的著落，所以韓國人們便有了最基本的配備：「最快時間內、有效率的，不用任何言語也能自動自發行動的DNA」。我每次在搭飛機時都會感嘆的是，在有較多韓國乘客搭乘的飛機上，處理事情的速度真的非常快。當空服員開始準備餐點時，韓國乘客已經把座位的餐桌放下了。還會聽前面乘客所選擇的餐點，然後自己在心中默默地決定好等下要跟空服員點哪種餐，就連飲料也會先想好，所以在空服員詢問時，就可以毫不遲疑馬上回答。另外，許多外國人都會誤以為韓國人常說「快點快點」，但其實韓國人不太說「快點快點」。因為韓國人總是在說「請快點做」、「這個麻煩請盡快處理」之前，早就已經把事情做好了。XD

單字

1. 폐허　廢墟　[名詞]

전쟁이 끝난 후 온 나라가 폐허가 되었습니다 .

戰爭結束後，整個國家已淪為廢墟。

2. 여유롭게　悠閒地、從容不迫地　[副詞]

(= 여유롭다 悠閒的、從容不迫的〈形容詞〉)

젊었을 때 바쁜 하루하루를 열심히 보냈으니 , 이제는 좀 여유롭게 살고 싶어요 .

年輕時每天都忙著努力過生活，現在想悠閒地過日子。

3. 느릿느릿　慢慢地　[副詞]

행동이 느릿느릿하면 미련하다고 오해 받기 쉬워요 . 사실은 신중한 성격인 것일 수도 있는데 말이에요 .

如果慢吞吞地做事，很容易讓人誤會是不熟練。但事實上，也可能是因為個性較為謹慎。

4. 마련하다　準備、籌措　[動詞]

지난 20 년동안 열심히 저축해서 드디어 내 집을 마련했어요 .

過去 20 年間努力地儲蓄，終於籌措了一間房子。

5. 처리하다　處理　[動詞]

처리해야 할 일이 많아서 오늘 퇴근은 좀 늦어요 .

因為要處理的事情太多了，所以今天比較晚下班。

6. 일단   首先 副詞

원대한 미래 계획을 세우기 전에 , 일단 오늘 해야 할 일부터 성실히 잘 하는 것이 좋겠어요 .

在設定未來遠大的計畫前，首先先將今天要做的事情竭誠完成比較好。

---

7. 귀담아 듣다   聆聽 片語

동료의 진심어린 충고를 귀담아 들으면 분명 내게 큰 도움이 돼요 .

若聆聽同事真心誠意的忠告，對我一定會是一個很大的幫助。

文法

V/A- 기 마련이다 / N(이) 기 마련이다

總是、必然

解說

總有一天一定會有每個人都能夠歸納、理解、覺得合理的結論時，就用此這句型。表示「哪個原因造成哪個結果，這是理所當然的道理」的意思。例如：공부를 게을리 하면 성적이 안 좋기 마련이에요 . （讀書都在偷懶，成績必然會不好。）要注意這句型跟 마련하다 單字意思不同。

사회는 발전하기 마련이에요 .

社會總是要進步。

잘못을 하면 죗값을 치르기 마련이에요 .

做錯事情，總是要付出代價。

韓國人為什麼偏要坐地板?!：看短文搞懂50種韓國文化，
打造韓語閱讀力 / 魯水晶著. -- 初版. -- 臺北市：日月文
化, 2019.11
272 面 ; 14.7*21 公分. --（EZ Korea ; 26）

ISBN 978-986-248-846-1（平裝）

1.韓語 2.讀本

803.28   108016237

EZ Korea 26

韓國人為什麼偏要坐地板？！
看短文搞懂50種韓國文化，打造韓語閱讀力

作　　者：魯水晶
編　　輯：郭怡廷
行銷企劃：林盼婷
插　　畫：CC_CC
翻譯協力：曾晏詩
校　　對：魯水晶、郭怡廷、邱曼瑄、林思瑾、陳金巧
內頁排版：唯翔工作室
版型設計：李佳因
封面設計：謝捲子
錄　　音：魯水晶
錄音後製：純粹錄音後製有限公司

發 行 人：洪祺祥
副總經理：洪偉傑
副總編輯：曹仲堯
法律顧問：建大法律事務所
財務顧問：高威會計師事務所

出　　版：日月文化出版股份有限公司
製　　作：EZ叢書館
地　　址：臺北市信義路三段151號8樓
電　　話：(02) 2708-5509
傳　　真：(02) 2708-6157
客服信箱：service@heliopolis.com.tw
網　　址：www.heliopolis.com.tw
郵撥帳號：19716071日月文化出版股份有限公司

總 經 銷：聯合發行股份有限公司
電　　話：(02) 2917-8022
傳　　真：(02) 2915-7212

印　　刷：中原造像股份有限公司
初　　版：2019年11月
定　　價：360元
ＩＳＢＮ：978-986-248-846-1